수라왕 9

이대성 신무협 장편소설

dream books
드림북스

수라왕 9

초판 1쇄 인쇄 / 2015년 2월 26일
초판 1쇄 발행 / 2015년 3월 5일

지은이 / 이대성

발행인 / 오영배
책임편집 / 편집부
펴낸 곳 / (주)삼양출판사 · 드림북스

주소 / 서울시 강북구 도봉로 173
대표 전화 / 02-980-2112 팩스 / 02-983-0660
편집부 전화 / 02-980-2116 팩스 / 02-983-8201
블로그 / blog.naver.com/dreambookss

등록번호 / 제9-00046호
등록일자 / 1999년 3월 11일

값 9,000원

ISBN 979-11-313-0082-4(04810) / 978-89-542-5433-5 (세트)

* 지은이와 협의하에 인지는 생략합니다.
* 잘못된 책은 구입한 곳에서 바꾸어 드립니다.

이 도서의 국립중앙도서관 출판시도서목록(CIP)은 서지정보유통지원시스템홈페이지(http://seoji.nl.go.kr)와
국가자료공동목록시스템(http://www.nl.go.kr/kolisnet)에서 이용하실 수 있습니다. **(CIP제어번호: 2015005872)**

수라왕 9

이대성 신무협 장편소설

dream books
드림북스

차례

第一章
악마

"내가 이 불알도 없는 놈을 때려눕히면 넌 저 여자를 깔끔하게 포기해."

밑도 끝도 없는 말.

그것이 시작이었다.

건안왕은 자신이 지금 말을 잘못 들었나 싶어서 다시 물어보았다.

"지금 뭐라고 했느냐?"

"내가 이 사내도 계집도 아닌 놈을 때려눕히면 넌 저 여자를 포기하라고."

건안왕은 어처구니없다는 얼굴을 해 보였다.

그동안 만났던 무림인들이 건방지긴 했지만 지금 이놈만큼 안하무인(眼下無人, 남을 업신여김)으로 나오는 놈은 없었다.

뒤에서 듣고 있던 태 공공도 노진녕의 건방진 태도와 모욕적인 언사에 그저 기가 막히다는 표정을 지을 때.

정작 말을 내뱉은 노진녕만은 몹시 진지했다.

"왜? 쫄았어?"

"쪼, 쫄았어……? 허, 허허허……."

이 얼마나 천박하고 저급한 말투의 향연인가?

차마 말을 잇지 못하고 허허롭게 웃고 있던 건안왕은 마침내 손부채로 얼굴을 부치며 입을 열었다.

황당함이 심해지니 이제는 진짜로 화가 났던 것이다.

"좋다, 멍청이. 네놈이 이긴다면 네 뜻대로 저 여자는 포기하마. 그럼 너는 이 내기에 무엇을 걸겠느냐?"

노진녕은 웃었다.

그리고 자신의 가슴팍을 탁 하고 한 번 쳐 보이며 호쾌하게 말했다.

"내 목을 걸지."

이 대답에는 건안왕도 고개를 끄덕였다.

"안 그래도 네놈 목을 떼어 줄 생각이었다."

이제야 눈앞에 있는 이 무식하게 생긴 놈이 평소에 어떤 생각을 하고 사는지 파악이 된 건안왕이다.

이런 부류의 놈들은 이놈들이 원하는 방식으로 철저하게 짓밟아 줘야 정신을 차린다.

건안왕은 고개를 돌려 태 공공을 바라보았다.

"공공!"

"예, 왕야."

"저 멍청이를 죽일 수 있겠지?"

태 공공은 그 특유의 붉은 입술 끝을 말아 올리며 요사스럽게 웃었다.

"물론입니다. 왕야."

"좋아. 죽는 게 소원인 놈이니 죽여 주게나."

"명을 받듭니다."

태 공공이 천천히 웃으며 앞으로 나서자 그때까지 물끄러미 이 상황을 지켜보고 있던 초류향이 잠시 한 손을 들어 태 공공의 앞을 막아섰다.

태 공공의 얼굴이 찌푸려졌다.

"방금 못 들었느냐? 네가 저놈의 주인이라 하더라도 이제는 막을 수 있는 상황이 아니다, 꼬마야."

"알고 있습니다."

"하면 왜 앞길을 막는 것이냐?"

초류향은 안경을 매만지며 속으로 한숨을 내쉬었다.

태 공공의 말처럼 어차피 일은 벌어졌다.

노진녕이 나서서 만들어 낸 이 황당한 사태에 잠시 멍청하게 넋이 나가 있는 사이, 순식간에 상황이 걷잡을 수 없는 지경까지 발전해 버렸다.

'그래도…….'

전혀 방법이 없는 것은 아니었다.

단지 확신을 할 수가 없을 뿐.

"잠깐 대화를 나누고 싶은데 그래도 되겠습니까?"

태 공공은 팔짱을 끼며 고개를 끄덕였다.

"이곳에서 도망가지만 않는다면 얼마든지."

태 공공이 흔쾌히 허락을 하자 초류향은 쓴 입맛을 다시며 노진녕을 바라보았다.

"호위 무사가 저보다 먼저 죽어 버리면 그것만큼 황당한 일도 없을 겁니다."

"흐흐흐, 걱정 마십시오, 소교주님. 제가 설마 저런 불알도 없는 환관 놈에게 지겠습니까?"

"뭐? 너 방금 뭐라고 했어, 이 새끼야."

태 공공의 고운 얼굴이 험악하게 구겨질 때.

초류향이 입을 열었다.

"아직 대화는 끝나지 않았습니다만."

막 검을 뽑아 휘두르려던 태 공공은 초류향의 말에 어깨를 움찔거렸다.

그리고 씩씩거리며 화를 가라앉힌 후 낮게 이를 갈았다.

"좋아. 어차피 분풀이는 얼마든지 할 수 있으니까. 잠시 미뤄 두지."

"그러시든지."

노진녕이 콧방귀를 뀌며 말하는 모습을 한숨을 내쉬며 바라보던 초류향은 슬쩍 태 공공의 구겨진 얼굴을 응시했다.

그리고 그 상태로 입을 열었다.

“솔직히 말하자면 지금 저자와 붙으면 노진녕 님은 무조건 집니다.”

“……예?”

“제가 장담하죠. 지금 상태라면 무조건 지게 됩니다. 백 번 싸워서 백 번 모두 지죠.”

노진녕은 초류향의 확신에 가득 찬 말에 순간 당황했다.

보통은 기세를 북돋아 주기 위해 없는 말이라도 해 줘야 정상 아닌가?

그때.

초류향이 태 공공에게서 시선을 떼고 노진녕을 똑바로 바라보며 입을 열었다.

“전에 저에게 배우고 싶다 하신 것, 기억나십니까?”

배우고 싶다고 했던 것?

그게 뭐지?

노진녕은 잠시 고민하다가 곧 눈을 번뜩이며 고개를 위아래로 힘차게 끄덕였다.

“기억납니다. 암요, 기억하구 말구요.”

어떻게 잊겠는가?

완성된 형태의 천마신공이었는데.

설마 그것을 가르쳐 주겠다는 것인가?

지금 이곳에서?

노진녕이 기대감 어린 눈빛을 해 보일 때.

초류향은 희미하게 웃었다.

"그것을 알려 드리겠습니다. 그럼 할 만할 겁니다."

초류향의 말에 노진녕의 눈에서 빛이 번뜩였다.

드디어 배울 수 있게 된 것이다.

'완전한 천마신공!'

평생의 소원이 아니었던가?

노진녕의 흥분한 얼굴로 초류향을 바라보고 있을 때.

초류향의 전음이 귓가에 들려왔다.

『근본은 크게 다르지 않습니다.』

초류향은 노진녕에게 자신이 알고 있던 완전한 형태의 천마신공 구결을 알려 주었다.

의외로 단 한 번 알려 주었을 뿐인데 노진녕은 그 구결을 완벽하게 외웠다.

기본적으로 익히고 있던 무공과 그다지 다르지 않았던 점이 크게 작용한 것이다.

머릿속에 외운 구결을 몇 번이나 되뇌던 노진녕은 마침내 눈을 번뜩였다.

그리고 전신을 부르르 떨다가 곧장 초류향 앞에 넙죽 엎드렸다.

"감사합니다, 소교주님. 이 은혜, 목숨 바쳐 갚겠습니다."

초류향은 엎드려 있는 노진녕을 일으켜 세우며 피식 웃었다.

"목숨을 바쳐서 갚을 필요는 없습니다. 그냥 어떠한 상황에서라도 절대로 죽지 마세요. 저는 그거면 충분합니다."

"……알겠습니다. 평생에 걸쳐서 이 은혜를 갚겠습니다."

초류향은 고개를 끄덕였다.

"믿겠습니다."

"예!"

노진녕은 힘차게 대답하며 몸을 돌렸다.

그리고 아까부터 계속 똥 씹은 얼굴을 하고 있는 태 공공을 바라보고 말했다.

"넌 뒈졌다, 이제."

우두둑—

노진녕이 손가락 관절들을 풀며 자신감 넘치는 얼굴로 말하자 태 공공은 어처구니없다는 얼굴을 해 보였다.

고작 몇 마디 비밀 대화를 했다고 없던 실력이 갑자기 생기겠는가?

그저 기가 막힐 따름이다.

"어디 네놈이 언제까지 그 더러운 주둥이를 놀릴 수 있는지 봐 주마."

팔다리 하나하나 해체시킬 생각이었다.

최대한 고통스럽게 죽일 생각을 하며 태 공공은 검을 손에 쥐었다.

*　*　*

마테오 리치는 건안왕의 배려로 의원에게 진찰을 받으며 곰곰이 생각해 보았다.

의원의 진찰 결과 몸에 문제가 생긴 것은 아니었다.

마테오 리치 역시 동의했다.

스스로가 보았을 때도 전보다 더 건강해진 듯한 느낌이 들었던 것이다.

잠시 침상에 앉아서 멍하게 굳어 있던 마테오 리치는 이곳에 실려 오기 전의 상황을 곰곰이 떠올려보았다.

'그건 뭐였을까.'

최후의 순간.

건안왕이 자신에게 말을 걸기 직전, 마테오 리치는 열병 걸린 환자처럼 들뜬 상태로 무언가를 열심히 중얼거리고 있었다.

그것은 어떤 계산식이었는데, 바로 변정훈이 펼쳐 놓았던 마법진을 해제할 수 있는 주문이었다.

마테오 리치는 자신의 두 손을 내려다보며 아쉬운 얼굴을 해 보였다.

그때 조금만 더 자신에게 시간이 주어졌더라면…… 분명 무언가가 이 손에 잡혔을 텐데…….

진한 미련이 남았다.

그렇게 아쉬움을 곱씹던 마테오 리치는 벌떡 자리에서 몸을 일으켰다.

생각해 보니 자신이 여기에서 이렇게 누워 있을 때가 아닌 것이다.

서둘러 연무장 쪽으로 향하던 마테오 리치는 정작 목적지에 도착해서는 더 이상 다가가지도 못하고 눈만 동그랗게 떠 버렸다.

"저, 저저……."

쾅—! 콰콰콰쾅—!

사람이 주먹질과 발길질을 하는데 번갯불이 번쩍이며 대리석 바닥이 조각조각 갈라지지 않는가?

게다가 그에 맞서는 저 검을 든 남자는 또 어떤가?

그 무지막지한 일격들을 너무도 가볍게 막아 가고 있었다.

천신처럼 바닥에 서서 쉴 새 없이 주먹을 날리고 있는 사내와 그 주위를 마치 산보라도 하듯이 느릿느릿 움직이며 검을 휘두르는 사내.

그들이 펼치는 엄청난 위력의 무공들은 그동안 무림이라는 뜬구름 잡는 세상을 내심 부정하고 있던 마테오 리치의 머릿속을 강하게 후려쳐 왔다.

'이것이 강호.'

그동안 말로만 귀가 따갑게 들었던 강호 무림 고수들의 싸움인 것이다.

마테오 리치는 그 엄청난 광경을 넋을 놓고 지켜보았다.

하나 거리를 벌리고 있던 둘 사이가 좁아질수록 그들의 속도는 점차 빨라졌고, 나중에는 마테오 리치의 눈으로는 도저히 좇을 수 없을 만큼 둘 사이의 공방이 치열해졌다.

눈앞이 핑핑 돌 것 같은 느낌에 마테오 리치는 자신의 외눈 안경을 벗고 눈을 문질렀다.

그리고 다시 고개를 들어 정면을 보았을 때.

마테오 리치는 생전 처음 보는 괴상한 것과 맞닥뜨려야만 했다.

'붉은 눈?'

사람 몸뚱이만큼 거대한 붉은 눈.

그것이 어떤 소년의 머리 위에 떠 있었다.

처음에는 잘못 보았나 싶어서 몇 번이고 눈을 부비며 살펴보았지만 결코 헛것이 아니었다.

마테오 리치는 강호 무림 고수들의 어마어마한 승부도 뒤로한 채 하늘에서 굽어보고 있는 붉은 눈을 뚫어져라 바라보았다.

'저게 대체 무엇인가?'

만약 성경에 나오는 사탄에게 눈이 있다면 저렇게 생겼을 것만 같았다.

붉은 핏물을 연상시키는 눈동자 하나가 이글거리며 사방을 살펴보고 있었던 것이다.

그러다가 갑자기 그 붉은 눈이 마테오 리치를 향했다.

'헉!'

마테오 리치는 붉은 눈과 정면으로 마주치자마자 전신이 저릿저릿해지는 것을 느꼈다.

하나 마테오 리치는 전력을 다해서 그 붉은 눈을 피해 고개를 돌려 버렸다.

그리고 속으로 끊임없이 찬송가를 불렀다.

'사탄이다. 이건 사탄의 농간이 틀림이 없다. 동방의 땅에서 사탄을 만나다니…….'

마테오 리치가 새하얗게 질린 얼굴을 한 채 끊임없이 성경 구절과 찬송가를 외우고 있을 때.

갑자기 하늘에 떠 있던 붉은 눈이 거짓말처럼 사라졌다.

숨이 막힐 듯한 긴장감.

마테오 리치는 마른침을 삼키며 주변을 둘러보았다.

그때 갑자기 그의 눈앞에 안경을 쓴 소년이 불쑥 나타났다.

"허억!"

마테오 리치는 자신도 모르게 헛바람을 집어삼키면서 두려운 얼굴로 연신 가슴 앞에 성호(聖號, 십자가)를 그었다.

조금 전.

붉은 눈과 희미하게 연결되어 있던 그 소년이었다.

소년은 신기하다는 얼굴로 마테오 리치를 살펴보았다.

그러다 문득 조용하게 말했다.

"보았습니까?"

"……."

마테오 리치는 대답하지 못했다.

그저 식은땀만 삘삘 흘릴 뿐이었다.

그때 소년이 안경을 벗으며 감탄한 눈으로 마테오 리치에게 말했다.

"그쪽은 진리를 보신 겁니까?"

진리?

갑자기 무슨 말을 하는 것일까?

마테오 리치가 본 것은 거대한 붉은 눈이 전부였다.

그것이 진리라는 것일까?

아니면 소년이 말하는 진리라는 단어에 마테오 리치가 알지 못하는 다른 뜻이 있는 걸까?

잠시 혼란스러운 얼굴을 해 보일 때.

소년, 초류향 역시 약간 곤란한 표정을 지어 보였다.

"설마 우리말을 하지 못하는 겁니까?"

"……."

초류향은 상대방이 대답이 없자 고개를 끄덕였다.

정말로 말을 알아듣지 못할 수도 있겠다고 생각했기 때문이다.

상대방은 색목인.

이 나라 사람이 아닌 것이다.

그러다 퍼뜩 떠오르는 생각에 초류향은 눈을 동그랗게 떴다.

이곳을 방문했던 애초의 목적이 떠올랐던 것이다.

"혹시 당신이 기하원본을 만든 이마두 선생입니까?"

초류향은 질문을 해 놓고 아차 싶었다.

상대방이 이쪽 말을 알아듣지 못할 것이라 여긴 것이다.

괜한 짓을 했다고 생각한 그 순간, 마테오 리치의 눈동자가 크게 흔들리는 것을 초류향은 놓치지 않았다.

'우리말을 알아듣는다?'

초류향은 잠시 입을 다물고 고요한 시선으로 마테오 리치를 응시했다.

그 침묵이 길어질 때쯤 초류향이 입을 열었다.

"선생께서는 우리말을 할 줄 아시는군요."

"……."

"말을 하지 않는 이유가 있습니까? 어디 편찮으신 겁니까?"

초류향이 친천히 손을 뻗어 마테오 리치의 손목을 잡으려 할 때.

마테오 리치가 화들짝 뒤로 물러서며 입을 열었다.

"그, 그대는 사탄의 자식인가?"

사탄?

초류향이 고개를 갸웃거리며 물었다.

"그게 갑자기 무슨 소리입니까? 사탄?"

마테오 리치는 잠시 사탄을 뜻하는 이 나라의 단어를 생각하다가 입을 열었다.

"악마! 그대는 악마의 자식인가?"

악마?

그 단어를 듣게 된 초류향이 얼굴을 살짝 찡그렸다.

실제 강호에서는 천마신교의 사람들을 그렇게 부르고 있었기 때문이다.

마교, 혹은 악마를 숭배하는 집단.

그런 단어들을 떠올리자 입안이 깔깔해졌다.

지금 마테오 리치의 반응은 과거 조기천 스승님이 엄승도를 처음 봤을 때의 반응 그대로가 아닌가?

"나는 악마의 자식이 아닙니다. 선생."

초류향이 쓰게 웃으며 말을 하는 순간.

쿠콰콰쾅—!

엄청난 폭발음과 함께 노진녕과 태 공공.

두 화경의 고수가 겨룬 승부의 결과가 나왔다.

*　　*　　*

공손천기는 최근 매우 바빴다.

사천 분타의 일들이 안정되자 사방에서 노골적인 견제가 들어왔기 때문이다.

천마신교야 애초에 그런 적들의 견제쯤은 콧방귀 뀌고 밀어 버릴 수 있었기에 별 신경을 쓰지 않았지만, 이번 공격은 전혀 예상하지도 못했던 방향으로 들어왔다.

"확실히 놈들이 이번에는 머리를 잘 썼어. 약한 부위를 정확하게 짚었구만."

"예. 과연 신기묘수 상관중달입니다."

정도맹의 총군사 상관중달.

그가 이번에는 방법을 바꿔서 초류향의 아버지.

초무령이 운영하고 있는 표국을 공격해 들어갔던 것이다.

이것은 제법 뼈아픈 실책이었다.

"피해는?"

"그래도 다행히 저희 쪽에서 사전에 은밀하게 인원들을 보내 놨기에 최악의 경우는 면했습니다. 소교주님의 가족들을 비롯해서 표국의 주요 인사들은 무사합니다."

공손천기는 턱을 한 번 쓰다듬으며 쓰게 웃었다.

"그 말은 가족들 빼고는 모조리 다 털렸다고 봐도 된다는 뜻이구만."

"……예. 미처 신경 쓰지 못했습니다."

천마신교 내외의 모든 정보를 총괄하고 있는 옥관호 호법.

그가 송구스러운 얼굴로 고개를 숙였다.

"별수 없지. 옥 호법도 바빴으니까."

그랬다.

그들은 바빴다.

그것도 너무 바빴다.

단순히 사천 분타를 안정시키는 것으로 끝이 아니라 그 주변에 본래부터 자리 잡고 있었던 정도맹의 세력들을 완전히 몰아내야만 했던 것이다.

"창천표국을 지키고 있던 아이들 중에 살아서 돌아온 아이는 몇 명인가?"

"천검단 소속의 다섯 명입니다."

"쉰 명을 호위단으로 파견했는데 고작 다섯이 살아 돌아왔다라……. 그래도 상대가 상관중달이었던 것을 감안하면 굉장히 잘한 일이다. 상을 줘야겠군."

공손천기는 무언가를 잠시 생각하다가 입을 열었다.

"천검단 소속이라고 했었나?"

"예, 교주님."

"그럼 아직 상급 무공까지밖에 열람을 하지 못했겠군."

"예."

천마신교는 그 출신이나 재능에 따라서 무공을 열람할 수 있는 권한에 차등을 두었다.

등급이 하나씩 올라갈 때마다 볼 수 있는 무공의 위력은 천지 차이였다.

"절정 무공까지 열람할 수 있게 해 줘. 그리고 금전적으로도 두둑이 챙겨 주도록 하고. 그 녀석들 덕분에 내 제자 앞에서 최소한 얼굴은 들고 다닐 수 있게 되었으니 내 입장에서는 은인인 셈이지. 잘 보살펴 줘."

"알겠습니다."

"그나저나 정도맹 녀석들에게 어떻게 대가를 치르게 해야 할까? 이번 일에 대해 적절한 보답은 해 줘야 할 듯한데."

초류향의 집안을 풍비박산 낸 것.

이것은 절대 그냥 넘어갈 일이 아니었다.

게다가 하마터면 초류향의 가족들을 지키지 못할 뻔하지 않았던가?

그 최악의 경우를 생각하니 정신이 아찔해졌다.

공손천기는 잠시 고민하다가 옥관호 호법을 바라보며 입을 열었다.

"이곳에서 가장 가까운 정도맹 소속 구파일방이 어디지?"

잠시 지도를 떠올리던 옥관호가 입을 열었다.

"사흘 거리에 사천당가가 있습니다."

"사천당가라…… 딱 좋군."

옥관호 호법은 공손천기를 바라보며 설마 하는 마음에 입을 열었다.

"혹시나 해서 여쭤보는 것이지만…… 사천당가를 없애 버리실 생각이십니까?"

"그래. 완전히 지워 버릴 생각이다."

옥관호는 고개를 끄덕이며 말했다.

잘된 일이었다.

사천당가는 사천 지역에서 세력을 넓히려는 천마신교 입장에서는 거슬리는 눈엣가시와도 같은 존재.

"아이들을 준비시키겠습니다."

옥관호의 말에 공손천기는 고개를 저었다.

"됐어. 번거롭게 일을 만들지 마. 거기엔 내가 직접 간다."

"……!"

옥관호 호법이 놀란 눈으로 공손천기를 바라볼 때.

공손천기는 으스스하게 웃으며 말했다.

"되도록 조용하게 일을 진행시키려고 했는데…… 그놈들이 이런 식으로 나왔다면 이야기가 다르지."

"……."

"이제 이 지역에 평화는 없다. 놈들에게 본 교 피의 율법이 무엇인지 똑똑히 보여 줘야겠군."

옥관호는 마른침을 삼켰다.

지금 교주는 진심이었다.

되도록 다른 자들을 해치지 않으려고 했던 교주가 아니던가?

그런데 제자와 관련된 일에는 그 누구보다도 잔인해질 수 있었다.

"잘되었군. 아예 이번 기회에 사천에 있는 모든 정도맹 문파를 박살 내 주지. 사천 지역을 통째로 접수하는 것도 괜찮겠군. 저녁에 이 내용에 대한 수뇌부 회의를 할 거니까 다들 그때까지 모이라고 해."

"존명."

"제일 처음은 사천당가다."

공손천기의 중얼거림을 들은 옥관호는 생각했다.

정도맹은 정말로 큰 실수를 했다.

'하필이면 교주님이 가장 신경 쓰는 부분을 건드리다니…….'

상관중달이 여기까지 생각하고 기습을 한 것은 분명 아닐 것이다.

하나 어찌 되었건 그의 계획 덕분에 공손천기는 그동안의 방어적인 자세에서 공격적인 자세로 전환해 주변을 깡그리 지워 버릴 생각을 하게 되었다.

차후에 이 사실을 알게 되었을 때 상관중달의 일그러진 얼굴을 직접 보고 싶은 옥관호 호법이었다.

*　　*　　*

건안왕은 심기가 불편해졌다.

그를 대신해서 싸우고 있는 태 공공의 수준이 어느 정도인지 잘 알고 있는 건안왕이다.

황실에서도 다섯 손가락 안에 들어가는 실력자.

아니, 어쩌면 태 공공은 알려진 것보다 더 대단한 고수일지도 모른다.

그런 자가 지금 강호에 나와서 정체도 모를 놈에게 고전을 하고 있는 것이다.

'수상하군.'

수상했다.

태 공공을 저렇게까지 몰아붙일 수 있는 고수가 과연 몇이나 될까?

강호에서 흔히 거론되는 구주십오객?

적어도 그들 정도는 되어야 아마 태 공공과 대등하게 싸울 수 있을 것이다.

그런데 눈앞에 있는 저 무식하게 생긴 놈은 구주십오객이 아니었다.

그러니 수상한 것이다.

여태까지 별 신경 쓰지도 않았던 놈들의 정체가 슬슬 궁금해지는 건안왕이었다.

쿠콰콰쾅—!

폭음과 함께 태 공공의 신형이 가랑잎처럼 뒤로 튕겨 나갔다.

건안왕의 얼굴이 딱딱하게 굳을 때.

뒤에서 비틀거리며 일어난 태 공공이 입으로 왈칵 피를 토해 냈다.

"우웩!"

바닥에 쏟아지는 핏물.

그것을 지켜보던 건안왕은 낮게 혀를 찼다.

'졌다.'

저 정도면 더 이상은 움직일 수 없을 정도의 부상이었다.

건안왕이 작게 혀를 차는 그 순간.

태 공공이 검을 바닥에 깊숙이 박아 넣으며 정면을 노려보았다.

먼지가 가라앉은 장내에는 주먹을 앞으로 내뻗고 서 있는 노진녕이 있었다.

노진녕 역시 상태가 좋지 않았다.

입과 코에서 태 공공보다 더욱 많은 양의 피를 쏟아 내고 있었던 것이다.

하나 그는 그 상태에서도 뭐가 즐거운지 실실 웃고 있었다.

"……미친 새끼……."

저놈 역시 죽을 정도의 부상을 입은 게 확실했다.

아니, 자신보다 더하면 더했지 결코 덜하진 않았다.

그런데도 저렇게 웃고 있다니 미친놈이 아닌가?

태 공공은 저놈의 정신 상태를 도무지 이해할 수가 없었다.

그때 석상처럼 서 있던 노진녕이 천천히 움직였다.

한 발 한 발 태 공공을 향해 다가가는 것이다.

하나 그 움직임은 지나치게 부자연스러웠고 매우 힘겨워 보였다.

태 공공은 가까이 다가오는 노진녕을 바라보며 낮게 이를 갈았다.

'승부다.'

저놈이 움직여서 다가와 준다면 지금으로서는 사양할 필요가 없었다.

최대한 힘을 비축해서 한 번만 검을 뻗으면 된다.

그것이면 충분했다.

그때.

태 공공의 바로 앞까지 다가온 노진녕이 다 죽어 가는 얼굴을 한 채 입을 열었다.

"내 사부님께서 나에게 해 주신 말씀이 있다."

"……."

갑자기 무슨 소리를 하려고?

태 공공이 긴장한 얼굴로 지켜보고 있을 때.

노진녕이 피를 너무 쏟아서 허옇게 질린 얼굴로 환하게 웃으며 말했다.

"남자는 본래 사랑하는 여자 앞에서 강해지는 법이라고 하셨지. 그때는 믿지 않았는데 그 말은 진짜였다."

"……."

저놈이 분명 호흡을 고르기도 벅찰 텐데 갑자기 이 무슨 개소리인가?

태 공공이 필사적으로 힘을 끌어모으며 검 손잡이를 꽉 쥐어 갈 때.

노진녕이 말했다.

"너는 나를 못 이겨. 난 그녀 앞에서 절대 쓰러질 수 없거든."

노진녕은 말을 하면서 고개를 슬쩍 옆으로 돌려서 선우초린을 바라보았다.

그 느끼한 시선을 받은 선우초린이 바로 벌레라도 씹은 듯한 표정을 지었지만, 그 찡그린 얼굴조차도 노진녕에게는 마냥 예뻐 보였다.

'이런 유치한 장난질에 말려들면 안 된다.'

태 공공은 노진녕의 말을 애써 무시하며 호흡을 조절했다.

문득 태 공공은 눈앞에 있는 이 무식한 놈이 의외로 대단히 똑똑할지도 모르겠다는 생각이 들었다.

이런 긴박한 순간에 이토록 유치한 심리전을 펼칠 줄이야…….

태 공공이 노진녕을 새삼스러운 시선으로 바라보고 있을 때.

노진녕이 어떤 열기가 가득한 얼굴로 태 공공을 바라보며 입을 열었다.

"네가 나를 못 이기는 가장 결정적인 이유가 무엇인지 가르쳐 줄까?"

"……."

태 공공은 대답하지 않고 필사적으로 호흡만 골랐다.

딱 한 번.

딱 한 번만 검을 휘두르면 저 지긋지긋한 놈의 몸뚱이를 갈라 버릴 수 있을 것이다.

그때 노진녕이 태 공공에게 손가락질을 했다.

그 단순한 동작에 잔뜩 긴장하고 있던 태 공공은 땅에 박아 놓았던

검을 쥔 손에 힘을 주었다.

"거세당한 네놈은 사내가 아니라서 사랑하는 여인을 지켜야 한다는 내 숭고한 마음을 이해하지 못할 거다. 그러니 너는 졌다."

거세당한 사내.

환관 태 공공은 그 부분에서 마침내 분노했다.

"……그만 닥치고 이거나 먹어라!"

다른 것들이야 여유 있게 웃으며 대처할 수 있었지만 감히 자신 앞에서 거세를 운운하는 미친놈은 찢어 죽여야 직성이 풀렸다.

최후의 순간.

그 마지막 도발에 결국 넘어간 것이다.

그리고 그 대가는 꽤나 컸다.

태 공공이 휘두르는 검을 차분하게 지켜보던 노진녕은 부상당한 몸이라고는 믿기지 않을 만큼 유연한 동작으로 그것을 회피했다.

태 공공의 얼굴이 흙빛이 될 때.

노진녕이 우직하게 주먹을 내질렀다.

콰직—

"커헉!"

갈빗대가 부러지는 느낌과 함께 태 공공의 신형이 옆으로 꺾여서 날아갔다.

털썩—

그걸로 끝.

한 번 쓰러진 태 공공은 다시 일어나지 못했다.

결국 마지막의 승자는 노진녕인 것이다.
노진녕은 감격한 얼굴로 선우초린을 바라보았다.
그녀에게 자신의 승리를 바치고 싶었다.
하나 선우초린은 이미 그에게 눈길조차 주지 않고 있었다.
'헤헤, 괜찮아. 이제 시작이니까.'
노진녕은 자신의 마음을 확실하게 전달했다고 생각하며 건안왕을 바라보았다.
"내가 이겼다."
"……."
잔뜩 죽을 것 같은 얼굴을 한 주제에 으스대는 꼴은 정말이지 웃겼다.
두 눈은 풀려 있었고, 다리는 후들거리며 떨리고 있었다.
하나 그 우스운 꼴을 보면서도 건안왕은 웃지 못했다.
그저 볼을 몇 번 씰룩거릴 뿐.
그러다 바닥에 널브러져서 꿈틀거리고 있는 태 공공을 바라보며 신경질적으로 소리쳤다.
"저 쓸모없는 놈을 당장 의원에게 데려다 줘!"
"명을 받듭니다."
수하들이 태 공공을 데리고 사라질 때까지 건안왕은 아무 말도 하지 않았다.
그러다 결국 한숨을 내쉬며 입을 열었다.
"좋다. 이제부터 네 여자에게 손을 대지 않기로 하지. 나 건안왕은 사내다. 한번 한 약속은 반드시 지킨다."

"좋아. 그래야 사내지."

건안왕은 씁쓸한 얼굴을 해 보였다.

약속은 약속이었다.

아쉽지만 저 희대의 미녀는 포기해야 할 것 같았다.

건안왕이 우울한 얼굴로 선우초린을 응시하며 진정으로 아쉬운 표정을 지어 보였다.

선우초린은 두 사내의 작당에 속에서 부글부글 끓어오르는 무언가를 억지로 내리누르며 고개를 돌려 버렸다.

이곳에서 지금 발작해 봐야 자기만 손해라는 게 너무나도 뻔했기 때문이다.

'죽이고 싶다.'

속에서 천불이 치솟는데 그것을 겉으로 드러낼 수가 없으니 미치고 환장할 노릇이었다.

그러다 문득 선우초린은 자신을 부러운 눈빛으로 바라보고 있는 공손아리를 보며 한숨을 내쉬었다.

"이런 걸 부러워하면 안 돼요, 소군주님. 저것들은 둘 다 완전히 미친놈들이라구요."

"그래도…… 너무 멋지잖아. 노진녕 호위 무사님."

부러움이 가득한 시선.

그 시선과 말이 진심이라는 것을 깨닫고 선우초린은 정말 울고 싶은 심정이 되었다.

"……저게 멋져요?"

"응. 링링은 안 그래? 이렇게 많은 사람들 앞에서 당당하게 고백한 거잖아. 사내답게."

이게 멋지다고? 사내답다고?

대체 어디가?

선우초린의 눈에는 그저 또라이로 보일 뿐이었다.

그동안 그녀도 어디 가서 빠지지 않는 또라이 취급을 받아 왔었지만 그래도 이 정도까지는 아니었다.

"정말 부러워, 링링……."

"아, 진짜……."

선우초린이 잔뜩 골이 난 표정으로 고개를 돌릴 때 공손아리는 슬쩍 초류향 쪽을 바라보았다.

초류향 역시 때마침 공손아리 쪽을 바라보다가 둘의 시선이 허공에서 딱 마주쳤다.

무언가 기대하는 눈빛.

초류향은 마른침을 한 번 삼키고 고개를 돌렸다.

그 시선이 너무 부담스러웠기 때문이다.

공손아리의 얼굴이 시무룩해졌다.

그때 선우초린을 보면서 헤벌쭉 웃고 있던 노진녕이 웃는 얼굴을 한 채 옆으로 털썩 쓰러졌다.

바닥과 충돌하기 직전 그를 부드럽게 받아 든 초류향은 품에서 약을 꺼내어 노진녕에게 먹인 후 한숨을 내쉬었다.

척 보기에도 만신창이가 아닌가?

방금 전에 쓰러진 태 공공보다 오히려 상태가 더 심각했다.

숨이 꼴딱 넘어갈 지경인 것이다.

이 상태로 여태까지 멀쩡하게 움직인 것이 신기할 정도였다.

'사랑의 힘인가?'

노진녕이 깨어 있었으면 아마 이렇게 말했을 것만 같았다.

초류향이 피식 웃고 있을 때.

그런 초류향을 물끄러미 바라보던 건안왕이 입을 열었다.

"한데 갑자기 궁금해졌는데 대체 너희들의 정체가 뭐냐?"

第二章

공손아리와의 약속

초류향은 애초에 건안왕이 누군지도 몰랐다.

그러나 어렴풋이 짐작은 되었다.

오만한 말투.

그리고 남들이 그를 부르는 호칭에서 상대방의 직위와 정체가 대략적으로나마 짐작이 되었던 것이다.

가장 결정적인 단서는 이곳이 건안왕의 별장이라는 점이다.

황족의 별장에서 이토록 오만한 태도를 취할 수 있는 자가 과연 누구겠는가?

그랬기에 건안왕은 초류향을 몰랐지만 초류향은 건안왕의 정체를 어느 정도 정확하게 예측할 수 있었다.

그래서 망설여졌다.

황족, 아니 정확하게는 황실이 천마신교에 대해 얼마나 부정적인 생각을 가지고 있는지 알았기 때문이다.

그리고 일정 부분 그들의 마음도 이해가 되었기에 말을 꺼내기가 꺼려졌다.

황실에서 보자면 천마신교는 그들의 절대 권력을 뒤흔드는 사교 집단이었다.

황제가 버젓이 존재하는 이 나라에서 신의 대리자인 교주를 그런 황제보다 윗줄로 모시는 집단이 아닌가?

황실의 입장에서 보자면 이건 굉장히 위험한 사상이었기 때문에 어떻게든 부숴 버리고 싶은 존재들이 바로 마교였다.

'곤란하다.'

여기서 건안왕이 자신들의 정체가 천마신교라는 사실을 알게 된다면 일이 걷잡을 수 없을 만큼 커질 수 있었다.

잠시 이것저것 고민하던 초류향은 곧 김빠진 얼굴로 틀틀 웃었다.

생각해 보니 이런 고민 자체가 의미가 없어 보였다.

이렇게까지 일이 진행된 마당에 정체를 숨기려고 해 봐야 금세 들통 날 것이 뻔했던 것이다.

황실도 바보가 아닌 이상 그들이 둘러대는 말만 믿고 넘어갈 리가 없었다.

황실 나름대로 뒷조사를 할 테고, 그렇게 된다면 정체를 파악하는 것쯤은 시간문제일 터.

이곳에 있는 모두를 몰살시키지 않는 이상 비밀을 지키는 것은 애초에 불가능했다.

거기까지 생각한 초류향은 그냥 편하게 마음먹기로 했다.

상대방이 어떻게 나오는지에 따라 다르게 대응할 생각을 한 것이다.

안경을 한 번 만지고 초류향이 건안왕을 바라보며 입을 열었다.

"나는 천마신교의 사람입니다."

건안왕은 그 여유롭고 느긋한 표정을 버린 채 깜짝 놀란 얼굴로 초류향을 바라보았다.

"뭐? 천마신교? 마교를 말하는 게냐?"

"예. 그곳의 소교주가 바로 접니다."

"뭐라? 소교주?"

건안왕은 잠시 어처구니없다는 웃음을 흘리며 초류향을 바라보았다.

"그럼 네가 그 공손천기의 제자냐?"

"예. 그분이 제 스승님이십니다."

건안왕은 새삼스럽다는 눈으로 초류향을 바라보았다.

"대단하구나. 마교의 후계자를 이렇게 내 눈으로 보게 될 줄이야……."

황실에서는 천마신교를 지속적으로 탄압해 왔다.

그 탄압의 역사를 따로 문서화시켜서 후대에 전할 정도로 진정 어마어마했던 것이다.

그런데도 천마신교는 묵묵하게 버텼다.

일방적으로 공격을 당하면서도 저항하지 않고 견뎌 온 것이다.

천마신교 입장에서는 사실 저항을 하고 싶어도 그럴 수가 없었다.

만약 눈에 띄게 저항했다가는 탄압이 아니라 아예 토벌을 당하게 될 테니까.

단순히 사교 집단으로 찍혀서 규제를 받는 것과, 저항을 해서 '반란 세력'으로 규정되어 토벌당하는 것은 천지차이였던 것이다.

"너는 내가 누구인지 아느냐?"

건안왕의 질문에 초류향은 고개를 끄덕였다.

"대충 짐작은 갑니다."

"호오? 누구인 것 같으냐?"

"이곳이 누구의 별장인지 정도는 알고 왔습니다. 건안왕이시겠지요?"

"정확하다. 제법 똑똑하구나."

건안왕은 슬쩍 미소 지으며 입을 열었다.

"네놈들이 마교의 잔당들인 것을 알았더라면 대접이 이렇게 소홀하지 않았을 텐데…… 아쉽구나."

이 정도가 대접이 소홀한 것인가?

제대로 준비했다면 대체 무엇을 어떻게 할 작정이었을까?

초류향은 잠시 거기까지 생각하다가 흐릿하게 웃으며 말했다.

"저에게는 즐거운 시간이었습니다, 왕야."

전혀 기죽지도, 그렇다고 지금의 이 작은 승리를 으스대지도 않는 초류향을 보며 건안왕은 입맛을 다셨다.

"소교주라 함은 제법 신분이 높을 텐데 어찌 변변한 호위도 없이 다니느냐? 마교라는 단체가 생각보다 쫀쫀하구나."

초류향은 고개를 저었다.

"쫀쫀한 것이 아니라 대범한 것입니다. 이 정도 인원이면 저를 지키고도 남으니까요."

"과연…… 마교의 후계자라 오만하구나."

"제가 오만하지 않으면 제 밑에 있는 사람들은 적들에게 비굴해지겠지요. 그런 것은 별로 보고 싶지 않아서요."

"……!"

초류향은 건안왕을 잠시 꿀 먹은 벙어리로 만들어 놓고 손짓으로 화령을 불렀다.

그리고 정신을 잃고 쓰러진 노진녕을 그녀에게 넘기며 말했다.

"마차에 눕혀 주세요."

"존명."

화령이 노진녕을 업고 마차로 들어가자 초류향은 건안왕을 똑바로 바라보며 말했다.

"왕야께서는 저에게 더 궁금한 게 남으셨습니까?"

건안왕은 잠시 초류향의 말을 곱씹어 보다가 퍼뜩 정신을 차리고 입을 열었다.

"공손천기도 이 근처에 있느냐?"

"예. 스승님께서는 사천 분타에 계십니다."

"전부터 마교의 수괴를 만나고 싶었는데 아주 잘 되었구나. 그를 만날 수 있게 주선을 해 주겠느냐?"

초류향은 잠시 건안왕을 바라보았다.

상대방의 신분을 감안할 때.

무작정 만나게 해 달라고 강요하는 것이 아니라 이렇게 형식적이나마 부탁의 어조로 말한 것은 대단히 파격적인 일임이 분명했다.

강호를 좋아하는 괴팍한 황족이라서 그럴까?

호기심 때문인지, 혹은 이쪽 세상에 대한 막연한 동경 때문인지는 알 수 없었지만, 천마신교를 어느 정도 깔보는 것 같으면서도 한편으로는 어떻게든 사이에 끼어 보려고 하는 그 묘한 이중성이 뚜렷하게 보였기에 초류향은 건안왕이라는 존재가 재미있게 느껴졌다.

"건안왕께서는 자격이 있으십니다. 스승님께 한번 말씀드려 보겠습니다."

"그래. 내가 갈 때는 빈손으로 가지 않을 테니 만남에 대해 긍정적으로 검토해 보라고 전하거라."

"알겠습니다."

초류향은 금세 기분이 좋아진 건안왕을 보며 속으로 가볍게 웃어 보였다.

의외로 나쁜 사람 같지는 않았던 것이다.

그때 건안왕이 고개를 갸웃거리며 말했다.

"한데 너는 내가 이곳에 있다는 것을 모르고 온 것이 아니더냐?"

"예."

"하면 어째서 이곳에 왔느냐? 목적이 뭐였지?"

초류향은 건안왕에게서 시선을 돌려 멀찍한 곳에서 자신을 살펴보고 있는 마테오 리치를 응시했다.

"이마두 선생에게 용건이 있었습니다. 그가 쓴 기하원본을 흥미롭게 읽었거든요."

"기하……원본?"

"예."

"그건 서양의 산법책이 아니더냐?"

"예. 맞습니다. 그것 때문에 이곳에 찾아왔지요."

건안왕은 놀랍다는 얼굴을 해 보였다.

"과연…… 마교에서는 후계자에게 산법도 전문적으로 가르치는 모양이군. 하긴, 그런 단체를 운용하려면 금전적인 문제에 박식해야겠지. 제법 그 체계가 잡힌 조직이었구나. 마교를 다시 보았다."

"……."

초류향은 쓴웃음을 지어 보이며 굳이 저 말에 대꾸하지 않았다.

사실과는 조금 다르지만, 그가 어떻게 생각하든 별 상관이 없으리라 여긴 것이다.

그때 마테오 리치는 자신의 이야기가 나오는 것을 알고 조금씩 건안왕의 옆으로 다가왔다.

아까와는 다르게 많이 진정된 모습이었다.

하지만 초류향을 바라보는 그의 시선에는 아직도 숨길 수 없는 의혹이 가득했다.

그런 눈빛을 눈치채지 못한 건안왕이 때마침 다가온 마테오 리치를 보며 입을 열었다.

“사부. 이 꼬마가 사부가 좋아하는 산법에 대해서 물어보고자 왔다고 하는데…… 한번 이야기를 해 보시겠소? 싫다면 거절해도 되오.”

마테오 리치는 잠시 고민했다.

그러다 초류향의 뒤쪽에 서 있는 공손아리와 선우초린을 바라보고 고개를 끄덕였다.

“나는 상관없습니다, 왕야.”

건안왕은 고개를 끄덕였다.

학구적인 모임을 즐기고 항상 공부를 게을리하지 않는 사람.

그가 바로 마테오 리치였다.

그런 사람이니 당연히 산법에 대해 물으려고 왔다는 초류향을 거절할 리가 없는 것이다.

초류향은 마테오 리치의 대답에 적잖이 안도하며 읍을 해 보였다.

“그럼 가르침을 받겠습니다. 선생.”

마테오 리치는 말없이 고개를 끄덕였다.

그 역시 초류향에 대해 알고 싶은 것이 많았기 때문이다.

*　　*　　*

초류향은 부상이 깊은 노진녕을 마차에 태운 채 화령에게 그 신병을 맡겨서 사천 분타로 돌려보냈다.

그리고 마테오 리치와 따로 자리를 마련하게 되었다.

그 자리에는 선우초린과 공손아리, 그리고 초류향.

이렇게 셋이서 함께했다.

탁자에 김이 모락모락 올라오는 따스한 차가 나왔지만 넷은 아무 말도 하지 않았다.

각자 머릿속으로 복잡한 생각들을 정리하고 있었던 것이다.

이 침묵을 가장 먼저 깬 것은 초류향이었다.

"전부터 기회가 된다면 꼭 뵙고 싶다고 생각했습니다. 리 선생님."

마테오 리치.

그는 자신을 진지하게 바라보는 초류향을 곤혹스러운 얼굴로 바라보며 입을 열었다.

"어째서 그대가 산법에 관심이 있는 것이오? 그대는 무공이라는 것을 배우지 않소?"

"선생도 진리를 보셨으니 아시지 않습니까? 세상이 어떠한 형식으로 유지되고 있는지를……."

"나는 그대가 무슨 말을 하는지 전혀 모르겠소."

초류향은 마테오 리치의 말에서 어떤 단호함을 읽었다.

그랬기에 입을 다문 채로 조용하게 그를 바라보았다.

어째서 대화를 회피하는 것일까?

산법으로 세상을 보게 되었다면 서로에게 확인해 보고 싶은 것이 분명히 있을 텐데?

현재 마테오 리치의 상태에 대해서 그 누구보다도 잘 알고 있는 초류향이었다.

그래서 마테오 리치의 저런 태도가 이해가 되지 않았다.

초류향은 잠시 그 이유에 대해 생각하다가 문득 마테오 리치의 시선이 자신이 아니라 공손아리와 선우초린에게 향해 있음을 깨달았다.

그러자 머릿속을 스치는 생각.

'설마?'

초류향은 지금 머릿속에 떠오르는 어떠한 짐작에 고개를 끄덕인 후 입을 열었다.

"오늘은 제가 생각했던 것과 달리 더 이상은 대화가 되지 않는군요. 그만하지요."

그리고 초류향은 선우초린과 공손아리를 바라보며 입을 열었다.

"제 용건은 끝났습니다. 이제 그쪽의 용무를 보시면 됩니다."

선우초린은 고개를 갸웃거렸다.

갑자기 태도가 확 변한 초류향의 모습이 이상했기 때문이다.

'뭐지?'

어떤 알 수 없는 위화감.

마테오 리치와 초류향 사이에 무언가가 있었나?

그러나 무언가를 둘이 작당하기엔 시간이 너무도 짧았다.

'게다가…….'

조금 전 초류향이 마테오 리치를 향해 물었던 진리라는 것은 대체 무엇을 뜻하는 것일까?

애초에 용건은 산법책에 관한 것 아니었던가?

그것과 진리가 무슨 관계가 있는 걸까?

갖가지 의문들이 선우초린의 머리를 어지럽히고 있을 때.

가만히 앉아만 있던 공손아리가 앞에 놓인 찻잔을 입으로 가져가며 말했다.

"사실 할아버지에게 부탁이 있어요."

"나에게 말이오?"

"네. 사실 그것 때문에 위험한 줄 알면서도 다시 여기에 오게 되었어요."

공손아리는 바보가 아니었다.

그녀도 이곳에 다시 오는 게 얼마나 위험부담이 큰 일인지 어렴풋이 알고 있었던 것이다.

하지만 그래도 와야만 했다.

꼭 해야만 하는 일이 있었으니까.

공손아리는 선우초린의 눈치를 살피다가 소매에서 둘둘 말린 종이를 꺼내 들었다.

그리고 그것을 마테오 리치에게 내밀며 말했다.

"저희 어머니의 초상화예요. 그 아래 어머니 나라의 말로 이름도 쓰여 있어요."

"이것을 나에게 주는 이유가 무엇이오?"

마테오 리치가 의아한 얼굴로 묻자 공손아리가 무언가를 단단히 결심한 얼굴로 입을 열었다.

"어머니의 흔적을 찾아 주세요. 가족이 있다면 가족에 대해서 알아봐 주셔도 좋구요. 보상을 원하신다면 지불할 수 있어요."

"소군주님…… 그건."

공손아리는 얼굴을 찡그리는 선우초린을 바라보며 입을 열었다.

"곤란하게 해서 미안해, 링링…… 그래도 꼭 찾고 싶어, 엄마의 가족들을……. 그들은 나에게도 가족이잖아."

초류향은 고개를 갸웃거렸다.

가족을 찾는다는 것.

그것이 무슨 죄가 된다고 저렇게 조심스러운 것일까?

이해하지 못하겠다는 얼굴로 지켜보고 있을 때.

선우초린이 복잡한 표정으로 입을 열었다.

"교주님께서 아마도 원하지 않으실 거예요. 너무 오래된 이야기라……. 관련된 일을 다시 헤집는 것은 그다지 좋아 보이지 않아요."

"아빠에게는 비밀로 하면 되잖아. 응? 링링."

무언가를 더 말하려다가 선우초린이 한숨을 내쉬었다.

"소교주님이 처음부터 지켜보셨는데도요?"

공손아리는 무덤덤한 얼굴을 하고 있는 초류향을 바라보다가 그에게 바짝 다가갔다.

초류향은 갑자기 다가오는 공손아리를 보며 순간 움찔했다.

그러다 그렇게 움찔하는 자신을 드러내기 싫어서 억지로 표정 관리를 한 채 그녀의 다음 행동을 기다렸다.

그때 공손아리가 갑자기 덥석 초류향의 손을 잡으며 말했다.

"아빠에게는 비밀로 해 주실 거지요?"

"……."

"네?"

초류향은 순간 고민했다.

이번 일이 스승님에게 해가 되는 일인지 아닌지를 판단하기 어려웠던 것이다.

그리다 자신의 손을 쥐고 있는 손에서 느껴지는 가느다란 떨림에 결국 가볍게 한숨을 내쉬며 고개를 끄덕였다.

"비밀은 지켜 주지."

"그럼 약속한 거예요?"

"그래. 적어도 내 입에서 그것에 관한 일은 새어 나가지 않을 거다."

"고마워요. 정말. 고마워요."

초류향은 자신의 손을 더욱 꼭 잡는 공손아리를 보다가 자신도 모르게 고개를 돌려 버렸다.

그녀가 어느새 눈물이 그렁그렁한 얼굴로 자신을 바라보고 있었기 때문이다.

그 모습을 보자 순간 마음이 주체하지 못할 만큼 울렁거렸다.

'정신 차려라.'

초류향이 아찔해지려는 정신을 겨우겨우 수습하고 있을 때.

마테오 리치가 말했다.

"사람을 찾는 것은 대단히 어려운 일이오. 게다가 시간이 오래되었다면 거의 불가능하다고 봐야 하오."

"아……."

생각해 보니 떡 줄 사람은 아무 말도 안 했는데 너무 앞서 나간 것 아닌가?

공손아리가 안타까운 얼굴을 해 보일 때.

마테오 리치가 입가에 장난스러운 미소를 그리며 말했다.

"하나 많은 시간을 들인다면 전혀 불가능하지는 않소. 확답을 해 줄 수는 없겠지만 이 소중한 초상화를 잠시 동안 나에게 맡겨 주시겠소?"

공손아리는 정신없이 고개를 끄덕였다.

지금 그녀에게는 마테오 리치가 유일하게 기댈 수 있는 수단이었던 것이다.

"한데 나에게도 조건이 있소."

"조건이요?"

"그렇소."

마테오 리치는 초류향을 뚫어지게 응시했다.

그리고 자신이 생각하던 조건을 말했다.

*　　*　　*

마차가 움직였다.

그 안에는 선우초린과 공손아리가 타고 있었고, 초류향은 타지 않았다.

"링링."

"네, 소군주님."
"어째서 그 할아버지가 소교주님을 남게 했을까?"
"글쎄요……."
"소교주님도 조금 이상했던 게 왜 혼자서 남겠다고 하신 거지?"
선우초린 역시 그 부분이 이상했다.
"아무래도 둘이서만 할 이야기가 있었나 봐요, 소군주님."
"그게 이상해. 둘은 오늘 처음 보는 거잖아?"
공손아리는 계속 고개를 갸웃거리며 아리송한 얼굴을 해 보였다.
마테오 리치가 내건 조건.
그것은 초류향을 이곳에 반나절만 남게 해 달라는 것이었다.
공손아리가 곤란한 얼굴을 할 때.
초류향은 마치 그 조건을 미리 알고 있기라도 한 듯이 선뜻 남겠다고 이야기했다.
공손아리야 원하던 바가 이루어지니 좋긴 했지만 한편으로는 기분이 이상했다.
"좋게 생각하세요, 소군주님. 그 색목인이 부탁을 들어준다고 했잖아요?"
"으응."
"그럼 더 고민할 필요가 없지요."
선우초린은 혼자서 끙끙거리고 고민하는 공손아리의 머리를 쓰다듬으며 달래 주었다.
그러다 눈을 가늘게 뜨고 허리춤을 매만졌다.

'누가 온다.'

질주하는 마차의 뒤를 누군가가 바짝 뒤쫓아 오고 있었다.

'제법인데?'

상대방은 고수였다.

그것도 절정의 고수.

선우초린과 비교해도 손색이 없을 수준이었다.

'무슨 속셈인지 모르겠지만…….'

공손아리를 노리고 온 것이라면 저놈은 지금 크게 실수하고 있는 것이다.

선우초린이 은밀히 내력을 끌어모아 일격을 날리려고 할 때.

마차에 바짝 접근한 의문의 고수가 전음을 날렸다.

『이화부궁주, 오해하지 마시오. 난 마라천풍대의 부대주 감녕(感寧)이오.』

선우초린의 얼굴이 작게 찌푸려졌다.

항상 그림자 뒤에서 움직이는 마라천풍대다.

그들의 정체나 숫자에 대해서는 정확하게 드러난 것이 아무것도 없었다.

하나 한 가지 확실한 것은 교주 직속 호위대인 마라천풍대는 개개인 모두가 절정의 고수들이고, 그들 중에서도 대주와 부대주는 화경을 넘보기 직전이라고 불러도 될 만큼 강력한 고수라는 점이다.

정리하자면 함부로 대하기 어려운 존재들인 것이다.

그래도 여전히 상대를 믿을 수 없었기에 허리춤에 손을 올려놓은 상태로 선우초린이 질문했다.

『저에게 무슨 볼일입니까? 감녕 부대주.』

감녕이라 밝힌 고수는 마차의 끝자락에 살짝 몸을 걸친 다음 입을 열었다.

『소교주님께서는 왜 나오지 않으셨소? 설마 안에 혼자 내버려 두고 나온 것이오?』

질책하는 듯한 음성.

그제야 선우초린은 감녕이 어쩔 수 없이 어둠 속에서 몸을 드러낸 이유를 짐작할 수 있었다.

이건 제법 재미있는 일이었다.

그랬기에 입가에 미소를 머금으며 말했다.

『소교주님의 뜻이었습니다. 저희더러 먼저 분타로 복귀하라고 하시더군요.』

『하면 이화궁의 전력들도 전부 분타로 복귀하는 것이오?』

이것이 감녕의 입장에서는 가장 중요한 질문이었을 것이다.

그리고 이 질문을 예상했기에 선우초린은 히죽 웃으며 대답했다.

『물론입니다. 이화궁의 인원들은 모두 소군주님을 보필하기 위해 따라 나온 것. 소군주님의 안전을 위해 마차와 함께 분타로 복귀할 겁니다.』

『그렇다면 소교주님의 호위가 불안해지지 않겠소?』

『그거야 그쪽 소관이겠지요. 소교주님의 호위는 그쪽 책임이 아닙니까? 제가 거기까지 거들어야겠습니까?』

감녕은 입을 다물었다.

상대방의 말에서 이쪽에 대한 배려를 조금도 느낄 수 없었던 것이다.

오히려 고소하다는 어투였기에 더 이상 말을 섞어 봐야 시간 낭비일 뿐이었다.

'지독한 계집.'

감녕은 분한 얼굴로 이를 갈았지만 별도리가 없었다.

만약에 일이 잘못되더라도 저들은 빠져나갈 구멍이 있었던 것이다.

낭패였다.

애초에 이화궁의 전력을 염두에 두고 나왔기에 이곳에 데리고 나온 마라천풍대의 인원은 그다지 많지 않았다.

감녕은 한동안 마차를 노려보다가 입을 열었다.

『알겠소. 괜한 일로 이화부궁주의 심기를 어지럽힌 점 사과하겠소.』

『그 사과를 받아들이지요.』

『분타에 복귀하면 윗분들에게 이쪽의 사정을 전해 주실 수 있겠소?』

거절할 것이라 생각했다.

한데 상대방은 의외로 순순히 허락했다.

『그 정도야 어렵지 않지요. 더 많은 도움을 드리지 못해 유감입니다.』

감녕은 잠시 무언가를 생각하다가 고개를 끄덕이며 말했다.

『그럼 보중하시오. 안전한 복귀가 되기를 기원하겠소.』

『그쪽도 안전하게 복귀하시기를 기원하겠습니다.』

감녕은 쓴웃음을 그리며 마차에서 떨어져 나왔다.

그리고 자신에게 다가온 수하를 바라보며 말했다.

"일이 어려워졌어."

"어떻게 하실 생각이십니까?"

감녕은 잠시 저 멀리 보이는 건안왕의 별장을 응시하며 입을 열었다.

"우리들만으로는 아무래도 벅차겠지?"

"예. 무리입니다."

천마신교의 소교주가 건안왕의 별장에 머물고 있다는 소문은 벌써 외부로 퍼져 나가고 있을 것이다.

그리고 그 소문이 외부에 나갔을 때의 파장은 진정 무시무시했다.

아직 이곳은 정파의 영역.

그리고 정파뿐만이 아니라 호시탐탐 기회를 노리는 수없이 많은 무림인들이 있지 않은가?

그들이 몰려든다면 고작 스무 명에 불과한 인원으로는 감당하기 어려웠다.

"일단 선우초린…… 그 광견에게 부탁하긴 했지만……."

감녕은 씁쓸하게 웃으며 말을 이었다.

"그 계집은 분명 다른 수작을 부리겠지. 애초에 믿을 수 없는 계집이니까."

"예, 신용할 수 없습니다. 선우초린 역시 사대 세가의 인물. 소교주님의 안위에 해가 되면 해가 됐지 결코 도움을 줄 계집이 아닙니다."

"그래, 내 생각도 똑같다. 그래서 한번 시험해 보았는데 역시나 이쪽을 속이려 들더군."

선우초린은 분명 말을 전해 주지 않을 것이다.

아니, 말을 전하더라도 분명 굉장히 늦게나 전달하게 될 터.

이미 이쪽이 전멸하고 난 후에야 말을 전해 줄 것이 분명했다.

보험이 필요했다.

"훈아, 네가 다녀와라. 가서 대주님이나 다른 어르신들께 이쪽의 사정을 전해라."

훈이라 불린 사내.

그가 곤혹스러운 얼굴로 입을 열었다.

"저 말고 다른 아이를 보내는 게 낫지 않겠습니까? 저까지 빠진다면 더 힘들어질 겁니다."

그랬다.

여기서 전력이 더 낮아지는 건 별로 바람직한 광경이 아니다.

하나 감녕으로서는 어쩔 수 없는 선택이었다.

"아니다. 여기서 나를 제외하고 제일 빠른 놈이 다녀와야지. 네 다리에 우리의 목이 걸려 있다."

훈은 감녕의 낮은 음성에 아랫입술을 깨물며 고개를 끄덕였다.

"……알겠습니다."

"서둘러라. 늦게 되면 우리의 목숨보다 소교주님의 목숨이 위험할 수도 있으니까. 그렇게 되면 죽어서도 대주님의 얼굴을 볼 자신이 없다.”

“존명.”

말을 마치고 바람같이 멀어지는 수하를 보며 감녕이 입을 열었다.

“돌아가는 상황은 너희들도 눈과 귀가 있으니 다들 짐작하고 있을 거다.”

“…….”

“어쩌면 아무 일도 없을 수 있겠지만…… 난 그 가능성을 대단히 낮게 보고 있다.”

“…….”

모두가 알았다.

앞으로 분타에서 지원 병력이 올 때까지 버티기가 힘들 것이라는 점을.

“아마 지금쯤 소교주님의 행방을 알게 된 정파 놈들이나 그 외 천하 사패의 녀석들이 이곳을 향해 벌 떼처럼 몰려오고 있을 거다. 그러니까 살고자 하는 마음은 버리는 게 좋겠지. 그래도 말이다, 이건 제법 할 만한 싸움이다.”

감녕은 목을 좌우로 꺾으며 뼛소리를 흘린 다음 슬쩍 웃었다.

“우리는 그저 버티기만 하면 된다. 소교주님만 어떻게든 살려서 버티기만 하면…… 결국에는 우리가 이기는 싸움이다. 그러니 그럭저럭 해 볼 만한 도박이지.”

목숨을 바친다면……이라는 뒷말은 일부러 꺼내지 않았다.

모두가 이미 알고 있을 테니까.

사방에 몸을 숨긴 채 그의 말을 듣고 있는 수하들을 보며 감녕이 입을 열었다.

“소교주님은 나에게 명령하셨다. 따로 명령이 있기 전까지는 저 안으로 따라 들어오지 말라고. 그러니 우리는 이제부터 기다린다. 그분이 명하실 때까지.”

“존명!”

감녕이 천천히 움직이며 별장이 내려다보이는 언덕에 서서 몸을 숨기자 주변은 언제 그랬냐는 듯이 고요해졌다.

하나 이것은 폭풍전야의 고요함이었다.

곧 있으면 닥쳐올 폭풍에 대한 상대적인 고요함인 것이다.

*　　*　　*

초류향은 마테오 리치와 단둘이 마주하고 있었다.

밖에서 감녕이 걱정하는 것과는 달리 초류향은 애초에 자신의 생명이 위험해질 것이라는 생각은 조금도 하지 않고 있었다.

스스로의 힘이 어느 정도인지 잘 알았기 때문이다.

그리고 설령 위험하다고 하더라도 지금의 초류향은 자신의 안위보다 마테오 리치와의 대화가 더욱 중요했다.

그에게 묻고 싶은 것이 많았기 때문이다.

그랬기에 먼저 입을 연 것은 초류향이었다.

"저에게 묻고 싶은 것이 있습니까? 리 선생."

천천히 고개를 끄덕인 마테오 리치는 입을 열었다.

"그대가 천마신교의 소교주가 맞소?"

"예. 맞습니다."

"그곳은 사람의 간을 꺼내 먹고 그렇다고 하던데…… 헛소문이오?"

"예, 헛소문입니다."

마테오 리치는 빙긋 웃었다.

"그럴 것 같았소."

초류향은 안경을 매만지며 말했다.

"그게 질문의 전부입니까?"

"이제는 그대가 물어봐야 하지 않겠소?"

마테오 리치가 그렇게 말하자 초류향은 고개를 끄덕이며 자세를 바로잡았다.

허리를 꼿꼿하게 세우며 초류향은 질문했다.

"서방의 산법들은 우리와는 전혀 다른 기호들을 사용하고, 그 푸는 방식도 달랐습니다. 선생께서는 그것들에 대해 저에게 가르침을 내려주실 수 있으시겠습니까?"

마테오 리치는 빙그레 웃었다.

"이미 알고 있지 않소? 그대가 알고 있는 것과 우리나라의 셈하는 방법은 크게 다르지 않소이다. 단지 그 표현 방법이 다를 뿐."

마테오 리치는 잠시 뜸을 들이다 입을 열었다.

"그대가 말했던 진리라는 것이 무엇인지 잘 생각해 보시오. 나머지는 표기법의 차이일 뿐이지 셈하는 것의 근본은 똑같소."

"그러면 제가 표기법만 알면 다 풀어낼 수 있다는 말입니까?"

"물론이오. 그대 역시 내가 보았던 진리를 엿보지 않았소? 근본은 결국 똑같소."

초류향은 입을 다물었다.

서양의 셈하는 방식은 굉장히 체계적이었다.

그들은 숫자를 표기할 때도 굉장히 쉬운 방식으로 적었고, 그것을 토대로 계산할 때에는 중원에 없는 여러 가지 수식들을 도입해서 해답을 내었다.

'하지만…….'

사실 초류향도 어렴풋이 짐작하긴 했다.

그 표현 방법이 다를 뿐이지, 결국에는 숫자를 셈하고 해답을 내린다는 본질적인 면에서는 다름이 없었던 것이다.

그럼에도 마테오 리치를 찾아와 이렇게 이야기를 하고자 한 것은 그 표기법을 배우고 자신의 가설에 대한 확신을 얻고자 함이었다.

이제 확신을 얻었으니 마테오 리치에게 서양의 여러 가지 표기법들만 배우면 되었다.

그렇다면 그들의 계산 방식을 완전히 흡수할 수 있을 것이다.

초류향은 공손히 앉아 있는 마테오 리치를 바라보며 입을 열었다.

"선생께서는 제가 보기엔 완전하게 진리를 엿보시지 못하신 것 같은데 맞습니까?"

마테오 리치는 순순하게 고개를 끄덕였다.

최후의 순간 건안왕이 집중력을 깨트렸기에 저 너머의 무언가는 결국 얻지 못했다.

하지만 그것만으로도 이미 충분했다.

많은 깨달음을 얻을 수 있었던 것이다.

만족한 얼굴의 마테오 리치를 보며 초류향은 아쉬운 표정을 지어 보였다.

만약에 마테오 리치가 그때 깨달음을 온전히 얻었더라면…… 어쩌면 그는 제갈량처럼 신비로운 힘을 얻을 수도 있었을 것이다.

'그 종류는 분명 달랐겠지만…….'

하나 결국 마테오 리치는 거기에 도달하지 못했다.

아마 앞으로도 도달하지 못할 것이다.

저런 종류의 깨달음을 얻을 기회는 평생에 한 번 올까 말까 한 것일 테니까.

완성된 무언가를 배울 수 없다는 점은 아쉬웠지만 소기의 목적을 달성하는 데에는 전혀 무리가 없을 터.

초류향은 조심스럽게 입을 열었다.

"선생의 나라에서는 어떤지 모르겠지만 우리나라에서는 가르침을 청할 때 속수지례(束脩之禮, 스승에게 작은 예물을 드리며 제자로서 예의를 다함)를 해야 합니다."

마테오 리치는 초류향의 말에 무릎을 탁 하고 치며 눈을 빛냈다.

"오오! 그거라면 나도 이미 알고 있소이다. 공짜가 없다는 것을 몸소 실천해 보이지 않았습니까? '배움을 청할 때 최소한의 예물을 드림으로써 스승에게 예의를 다한다' 였던가? 그…… 공자(孔子)님이라 불리시는 분? 우리식으로 표현하자면 그랜드 마스터(Grandmaster, 여기서는 최고의 스승을 뜻함)가 한 행동을 말하는 것 아닙니까?"

초류향은 슬쩍 웃으며 고개를 끄덕였다.

"예. 맞습니다. 선생께서는 정확하게 알고 계시는군요."

"하면 나에게 예물로 무엇을 줄 생각이오, 그대는?"

"선생께서는 이미 저에게 받고 싶은 예물이 있지 않습니까?"

마테오 리치는 초류향의 얼굴을 바라보며 슬며시 웃었다.

"그러면 그쪽 역시 나의 스승이 되는 것이오?"

초류향은 고개를 저었다.

"그저 서로 예의를 다하자고 이야기하는 것입니다. 지금부터 저희가 나누게 될 지식은 그럴 만한 가치가 있으니까요."

마테오 리치는 선선히 고개를 끄덕였다.

사실 이건 마테오 리치가 먼저 부탁하고 싶었던 부분이었다.

"알겠소. 우리 서로 지식을 교환합시다. 하나도 숨김없이. 스승과 제자로서."

"예. 저 역시 선생에게 숨기지 않고 다 알려 드리겠습니다."

마테오 리치는 잠시 동안 가만히 있다가 초류향을 바라보며 불쑥 물었다.

"한데 내가 그대에게 무엇을 요구할지 정확하게 알고 있소?"

"어렴풋이 짐작은 갑니다."

"나는 그대에게 아까 전에 보여 주었던 진법……? 이라 불리는 그것을 요구할 생각인데 괜찮겠소?"

초류향은 슬쩍 웃었다.

여기서부터가 중요했던 것이다.

第三章

대의

사천 분타로 복귀하고 있던 선우초린은 기분이 좋아졌다.

그녀는 만면에 화사한 미소를 그리며 앞으로의 계획을 구상했다.

'최대한 복귀를 늦춰야겠지?'

소교주.

그 시건방진 꼬마를 드디어 해치울 수 있게 된 것이다.

선우초린이 막 웃으며 공손아리의 머릿결을 쓰다듬고 있을 때.

그녀의 귓가에 익숙한 전음이 들려왔다.

『이게 대체 어떻게 된 겁니까?』

『뭘?』

『무엇을 어떻게 하셨기에 소교주님을 따로 떨어뜨려 놓고 나오신 겁니까?』

선우세옥.

선우세가의 어둠이자 암살을 전문적으로 하는 단체인 지룡단의 단주.

그가 당황한 음성으로 선우초린에게 질문했다.

『왜? 마음에 안 들어?』

『그럴 리가요? 오히려 너무 완벽한 기회를 만들어 주시니 당황스러워서 그렇습니다.』

이미 다 잡은 물고기를 대하는 말투.

선우초린의 입가에 가느다란 비웃음이 그려졌다.

『왜? 지금이라면 소교주를 죽일 수 있을 것 같아?』

『후후후, 물론이죠. 설령 저놈이 소문처럼 진짜 화경의 고수라도 이번엔 죽습니다.』

『흐응…… 가능할까?』

『믿고 지켜봐 주십시오, 소가주님. 게다가 여긴 저희들만 온 게 아니거든요.』

자기들끼리만 온 게 아니다?

그럼 누구 또 다른 자들이 왔다는 건가?

거기까지 생각하던 선우초린은 고개를 끄덕였다.

떠오르는 것이 있었던 것이다.

『다른 세가에서도 사람들이 나왔나 봐?』

『예. 사대 세가 전부가 나와 있습니다. 그들도 지금쯤 확실히 알았겠죠. 이번처럼 좋은 기회는 다시 오지 않는다는 것쯤은.』

『흠.』

사대 세가의 살수들이 모두 한자리에 모여 있는 것이다.

그들은 모두 사람을 죽이는 일에 있어서만큼은 전문가였다.

대대로 가문에 해가 되는 자들을 척결해 왔던 사람들.

그런 자들이 하나의 목적을 위해 모였다.

『근처에 마라천풍대가 있어.』

『예. 한데 저희가 파악하기로는 그 숫자가 얼마 되지 않는 것으로 알고 있습니다만?』

『그래도 부대주가 나와 있어, 멍청아. 쉽게 보면 당해.』

선우세옥이 흐릿하게 웃으며 말했다.

『안됐군요. 그자도 오늘 이곳에서 죽을 겁니다.』

강한 자신감이었다.

사실 선우초린 역시 오늘이 초류향을 죽이기에 가장 좋은 기회라고 생각하고 있었으니…….

『뭐, 성공하기를 빌어 줄게.』

『예.』

선우세옥은 마차에서 떨어져 나오며 흐릿하게 웃었다.

최근에 정말 초조했다.

초류향을 죽일 방법이 도무지 보이지 않았기 때문이다.

선우초린이 경고했던 것처럼 초류향에게는 특별한 무엇인가가 있었고, 세상에 드러난 그것의 정체는 실로 무시무시했다.

'무공으로는 화경의 고수를 꺾고, 진법으로 천하 사패를 무너뜨렸

다.'

더 성장하게 되면 어느 정도의 괴물이 되어 버릴지 알 수가 없었다.

그래서 사대 세가는 두려웠다.

밤에 잠이 오지 않을 정도로…….

하지만 인내심을 가지고 기다렸다.

그런데 정말 뜻하지도 않게 기회가 찾아온 것이다.

사대 세가는 이번 일에 정말 사활을 걸었다.

그리고 초류향을 죽이기 위해 움직인 곳은 사대 세가뿐만이 아니었다.

*　　*　　*

무림에서는 자신의 밑천이라고 할 수 있는 무공은 절대로 외부에 발설하지 않는다.

외부에 알려지게 되면 파훼법이 나오고, 파훼법이 나오면 그 무공은 죽은 것과 다름이 없었으니까.

진법 역시 마찬가지였다.

하지만 초류향은 마테오 리치의 제안에 웃으며 고개를 끄덕였다.

"진법을 알려 드리겠습니다. 아마 리 선생이라면 금세 배울 수 있을 겁니다."

"괜찮으시겠소?"

"어차피 진실을 볼 수 있는 눈이 뜨이셨으니 시간은 좀 걸리겠지만 스스로 배울 수도 있을 겁니다. 제가 해 드리는 건 단지 그 시간을 단축해 주는 것 정도입니다."

그것만 해도 굉장한 일이었다.

지식을 나누는 것에 대단히 보수적인 나라였기에 초류향의 이런 태도는 마테오 리치에게 새로운 감명을 주었다.

"나 역시 그대에게 숨기지 않고 내가 알고 있는 모든 것을 전해 주겠소."

"감사합니다."

둘은 그렇게 서로가 가진 지식을 공유하기 시작했다.

각자 상대방의 천재성에 감탄하며 가지고 있던 지식들을 아낌없이 전수하기 시작한 것이다.

마테오 리치는 자신이 알고 있던 수학적인 지식 외에도 천문과 지리, 그리고 서양의 뛰어나면서 개방적인 사고방식들을 전수하였다.

특히 초류향을 감탄하게 한 것은 마테오 리치의 독특한 '기억술'이었는데, 이것은 당대의 중국에서도 크게 회자가 되었던 방법이었다.

수많은 학자들이 모여 있는 자리에서 누군가가 마테오 리치의 뛰어난 기억력을 시험하기 위해 장난을 친 적이 있었다.

동물이 그려진 수백 장의 그림을 뒤집은 후에 그것을 일일이 알아맞혀 보라고 한 것이었다.

마테오 리치는 단 한 번만 보고 그것들을 모두 정확하게 맞혔고, 사람들은 그의 놀라운 기억력에 감탄하며 비결을 배우고자 했다.

그 기억술을 지금 초류향이 전수받았다.

두 사람은 서로에게 지식을 전해 줌과 동시에 엄청난 흡수력으로 상대방의 지식을 빨아들였다.

겨우 반나절 만에 각자 서로에게 원하던 것을 얻어 낼 수 있었던 것이다.

잠시 서양의 지식들을 머릿속으로 차분하게 정리하던 초류향은 빙긋 웃었다.

'역시 남아 있기 잘했다.'

지금 얻은 지식은 책으로는 절대로 얻을 수 없는 진귀한 것이었다.

게다가 지금 초류향이 알고 있는 세상이 전부가 아니라 바깥에 더욱 넓은 세계가 펼쳐져 있다는 것도 알게 되었다.

"감사합니다. 리 선생님."

"아니오. 내가 더 고맙소이다."

둘은 서로에게 더욱 공손하게 대했다.

진정으로 감탄했기 때문이다.

마테오 리치는 흡족하게 웃다가 문득 걱정스러운 얼굴로 입을 열었다.

"그대에게 한 가지 충고를 해도 되겠소?"

"예. 경청하겠습니다."

"그대처럼 뛰어난 자는 반드시 적이 생기기 마련이오. 그러니 의도적으로 발톱을 숨겨 위험을 피함이 낫지 않겠소?"

초류향은 희미하게 웃었다.

눈앞에 있는 이 노학자의 진심 어린 걱정이 전해져 왔기 때문이다.

그랬기에 초류향 역시 숨기지 않고 솔직하게 말했다.

"제가 있는 곳은 평범한 곳이 아닙니다. 선생님께서 생각하는 것처럼 겸손의 미덕만으로 살아갈 수 있는 곳이 아니지요. 가장 원초적인 폭력과 강력한 힘이 칭송받는 그러한 불합리한 세계입니다."

"허어…… 그게 강호라는 곳이오?"

"예. 저는 이미 이 세계에 발을 들였습니다. 생각보다 깊숙하게 들어왔기에 이제 어디로든 빠져나갈 수도 없게 되었지요."

잠시 빈 허공의 어딘가를 바라보던 초류향은 안경을 고쳐 쓰며 말했다.

"선생님께서 사는 세계와 제가 사는 세계는 분명 다릅니다. 하지만 다르기 때문에 보이는 것도 있습니다. 제가 지금 서 있는 이곳은 지독하게도 불합리합니다. 저는 이 불합리하고 야생적인 세계에서 정점을 찍을 생각입니다. 누구보다도 빠르게 그곳으로 올라가 더 이상 아무도 피를 흘리지 않는 그런 세계로 만들 겁니다."

초류향은 이제까지 아무에게도 말한 적이 없었던 마음속의 진심을 눈앞에 있는 오늘 처음 보는 노학자에게 털어놓았다.

그 진심에 얽혀 있는 고뇌를 읽은 마테오 리치는 초류향을 한동안 안타까운 얼굴로 바라보았다.

"거기까지 도달하기 위해서는 정말로 많은 피를 흘리게 될 것이오. 감당할 준비가 되었소?"

초류향은 고개를 끄덕였다.

그 얼굴에는 단호함이 배어 있었고, 그 무엇에도 쉽게 스러지지 않을 각오 역시 배어 있었다.

"저에게 산법을 가르쳐 주었던 스승님을 이 세계에 들어와서 잃었습니다. 저는 이 세계를 두 번 다시 그러한 일이 일어나지 않는 곳으로 바꿀 겁니다."

처음에는 그저 조기친 스승님의 복수만을 생각했던 초류향이었다.

하나 이제는 그것을 넘어서는 대의를 마음속에 품게 되었다.

"제 목적지에 도착하기 위해서는 그 어떤 아수라장이 펼쳐지더라도 감내할 겁니다."

초류향과 맞서 싸우는 적들만 피를 흘리는 게 아니었다.

싸움은 언제 어디서나 벌어질 수 있었고, 그것이 항상 일방적인 승리로 끝나는 것도 아니었다.

반드시 스스로의 피해도 각오해야 하는 법이다.

'그래야 공평하다.'

초류향이 가려는 길이 얼마나 힘들지 짐작이 갔기에 마테오 리치는 그저 안타까운 얼굴을 해 보일 뿐이었다.

"무운을 빌겠소."

"감사합니다."

초류향은 마테오 리치에게 읍을 하며 자리에서 일어섰다.

이제는 돌아가야 할 시간인 것이다.

"잠시였지만 선생님과 이야기한 시간은 꿈속을 거닌 것처럼 행복했습니다."

이건 진심이었다.

"나 역시 잊지 못할 기억이 될 것 같소."

마테오 리치도 초류향을 향해 마주 읍을 하며 희미하게 웃었다.

이 작은 아이가 앞으로 걸어가야 할 험난한 길이 눈에 보이는 듯 선명했지만 스스로가 선택한 길이니 부디 원하는 바를 이루었으면 했다.

그러니 웃으며 보내 주어야 하는 것이다.

초류향은 마테오 리치를 바라보며 고개를 끄덕였다.

산법에 대해서 스승님이 돌아가신 이후로 이토록 깊이 있게 대화를 나눠 본 적이 없었다.

지금 마테오 리치와 보낸 반나절이라는 시간은 초류향에게 있어서 정말로 소중하고, 앞으로의 인생이라는 긴 항해에서도 분명히 도움이 될 만한 순간이었다.

'하지만 이제는 현실로 돌아가야 할 때겠지.'

산법에 대해서 계속 이야기를 나누고 싶었지만 더 이상은 안 되었다.

이제는 현실에 눈을 돌려야 할 시간인 것이다.

서늘한 눈으로 마테오 리치에게서 고개를 돌린 초류향은 천천히 바깥으로 걸어 나갔다.

그곳에는 건안왕이 미리 준비해 둔 마차가 놓여 있었다.

차분하게 마차에 오르던 초류향은 문득 하늘을 바라보았다.

'저녁이라…….'

마치 핏빛처럼 붉게 물든 저녁노을을 바라보며 초류향은 피식 웃었

다.

돌아가는 길은 분명히 험악할 것이다.

하지만 반드시 넘어가야만 했다.

일부러 이렇게 되도록 의도한 것이니까.

'다시는 아무도 나를 넘보지 못하게 해 주겠다.'

항상 스승님의 뒤에 숨어만 있어서는 아무것도 얻을 수 없다.

그 무엇에도 꺾이지 않을 힘을 가져야 했다.

그리고 그 힘으로 세상을 무릎 꿇게 만들어야 하는 것이다.

초류향이 이제부터 가야 할 길은 그런 패왕의 길이었다.

다그닥다그닥—

마차가 움직이며 대문을 벗어나기 시작했다.

초류향은 대문을 벗어나자마자 느껴지는 사나운 살기에 희미하게 웃었다.

스스로가 각오했던, 그리고 예상했던 그림이 이제부터 그려질 것이기 때문이다.

『소교주님. 저희가 길을 뚫겠습니다.』

초류향은 귓가에 들리는 전음에 고개를 저었다.

"그러실 필요 없습니다. 그냥 적들이 이빨을 드러낼 때까지 내버려 두세요."

『……존명.』

윗사람이 명령을 했으면 지켜야 한다.

그게 부당해 보이고 이해가 안 될지라도 지켜야만 하는 것이다.

'하지만…….'

이런 대위기에 두 손 놓고 가만히 앉아 있을 수는 없었다.

때문에 감녕은 어둠 속에서 모습을 드러냈다.

그리고 수하들에게 시켜 그들도 모습을 드러내게 만들었다.

'쉽게 당하게 하지는 않겠습니다. 소교주님.'

감녕은 수하들을 이끌고 이동 중인 마차의 주변을 마치 포위하듯이 감쌌다.

두두두두—

미친 듯이 질주하는 마차 주변에 시커먼 흑의를 입은 마라천풍대의 고수들이 포진했다.

이건 사방에 과시하는 것이었다.

잡스러운 놈들은 애초에 마차에 접근도 못하도록 인간의 벽을 만들어 위협하고 있는 것이다.

초류향은 그 모습을 보면서 흐릿하게 웃었다.

자신을 생각하는 감녕의 마음이 전달되었던 것이다.

'그래도 놈들은 포기하지 않을 겁니다.'

아니, 사실은 포기해도 곤란했다.

초류향이 마차 창밖을 보며 의미심장하게 웃을 때.

드디어 첫 번째 적들이 등장했다.

*　　*　　*

"소교주님이 위험합니다."

화령은 노진녕을 의방에 맡긴 후 곧장 선우조덕을 찾아가서 다급하게 말했다.

평소에 초류향을 끔찍하게 생각하는 선우조덕이었으니 무언가 방도를 내놓을 것이라 여겼기 때문이다.

하나 돌아오는 반응은 굉장히 애매모호했다.

"그래? 알겠다. 사람을 시켜 대비하라 일러 놓으마."

"……!"

선우조덕이라면 당장이라도 뛰쳐나갈 줄 알았는데…….

잠시 아랫입술을 깨물며 고민하던 화령은 선우조덕 역시 사대 세가의 사람이라는 것을 깨닫고 서둘러 그 자리를 빠져나왔다.

그 모습을 지켜보던 선우조덕은 한숨을 내쉬었다.

"정말 교주님을 믿어도 되는 건가……."

화령이 보고하기도 전에 미리 상황을 알고 있었던 선우조덕이었다.

공손천기와 함께 있다가 초류향이 혼자 나가서 위험에 처했다는 보고를 들었던 것이다.

그때는 깜짝 놀라서 최대한 빨리 지원 병력을 보내려 했는데 가만히 듣고 있던 공손천기가 고개를 갸웃거리더니 입을 열었다.

"잠깐만. 뭔가 이상하지 않아?"

"무엇이 말입니까?"

"이 녀석…… 왜 일부러 자기를 지키고 있는 호위 병력들을 하나하나 돌려보내는 걸까?"

"그거야……."

잠시 무언가를 생각하던 선우조덕이 곤혹스러운 얼굴로 입을 열었다.

"뭔가 계획하고 계신 게 있으시겠지요."

"역시 그렇겠지? 나도 그렇게 생각해."

잠시 동안 턱을 쓰다듬으며 무언가를 고민하던 공손천기는 피식 웃으며 말했다.

"이거 아무래도 우리 쪽에서 이 녀석에게 장단을 맞춰 줘야겠어."

선우조덕의 얼굴에 걱정이 떠올랐다.

"그러면 호위 병력을 보내지 않으실 겁니까?"

"아니, 보내야지. 안 보내면 오히려 이 녀석의 장단에 맞춰 줄 수가 없으니까."

"그게 무슨……."

공손천기는 야릇하게 웃었다.

초류향이 지금 하고 있는 생각이 무엇인지 어렴풋이 짐작이 갔던 것이다.

'스스로의 몸을 미끼로 함정을 판 것이냐?'

대단히 위험한 도박이었다.

하나 감당할 자신만 있다면 이건 제법 해 볼 만한 도박이 아닌가.

초류향을 죽이고자 하는 녀석들은 분명 지금이 절호의 기회라 생각하고 모든 전력을 쏟아부을 것이다.

그 귀찮은 녀석들을 한 방에 일망타진할 수 있는 엄청난 기회였다.

'그래…… 네 녀석은 성공할 자신이 있다 이거지?'

그렇다면 이쪽에서도 초류향을 믿고 장단을 맞춰 줘야 했다.

"병력을 보내 주긴 하되, 되도록 늦게 보내 줘야 해. 너무 빨리 움직이면 적들이 겁을 먹을 수 있거든."

"……."

"사대 세가의 녀석들뿐만 아니라 근처에 있는 천하 사패 세력들도 적으로 등장할 텐데…… 분명 여기까지 계산에 넣어 둔 것이겠지, 그 녀석?"

"……교주님께도 사전에 언질이 없으셨습니까?"

"응. 없었는데?"

"그러면 소교주님이 정말로 위기에 빠진 거면 어떻게 하실 겁니까?"

공손천기는 선우조덕의 질문에 피식 웃었다.

그리고 옆에서 둘의 대화를 묵묵하게 듣고 있던 전박을 바라보며 말했다.

"어이, 전 호법. 그쪽이 보기엔 어때? 내 제자가 고작 이 정도에 죽을 만한 놈인가?"

전박은 그때까지 열심히 사천 지역 장악에 필요한 자금들을 계산하고 있다가 퉁명스럽게 입을 열었다.

"선우조덕 저 영감은 여전히 쓸데없는 걱정이 많습니다. 제가 보았을 때는 신경 쓰지 않으셔도 됩니다."

선우조덕은 전박의 태도에 분노한 얼굴로 말했다.

"너는 걱정도 되지 않느냐? 사대 세가의 암살단이 어느 정도의 힘을 지녔는지 알잖아?"

"알지. 잘 알지. 그래서 걱정하지 않는 거다."

"……."

무심한 태도.

선우조덕이 할 말을 잃었을 때 전박이 문서에 무언가를 적어 내려가면서 말했다.

"넌 암살단의 힘은 정확하게 알지만 소교주님의 힘에 대해서 모르니 걱정하는 거다. 예나 지금이나 변한 게 없다, 너는."

따끔하게 일침을 가한 전박은 선우조덕이 분노로 파르르 떨든 말든 자신의 일만 했다.

공손천기는 둘의 대화를 흥미롭게 듣다가 입을 열었다.

"내 생각도 전 호법이랑 같아. 그러니 약제당주는 알아도 모른 척해. 나머지는 내가 알아서 할 테니까."

"……알겠습니다."

선우조덕이 마지못해 알겠다고 대답하자 공손천기는 실실 웃으며 말했다.

"그건 그렇고 전 호법도 말을 좀 곱게 해. 수십 년을 봐 왔으면서 왜 항상 그렇게 공격적으로 말하는 거야? 마음은 그게 아니잖아?"

전박은 공손천기의 친근한 말투에 살짝 불편한 얼굴로 입을 열었다.

"……몸에 붙은 버릇이라 어쩔 수 없습니다. 교주님."

"쯧, 맨날 자리에 앉아서 돈 계산만 하니까 그렇지. 영감들끼리 모여서 술이라도 한잔 하고 그래. 주 호법이랑 우 호법도 불러서 같이 놀면 좀 재미있겠어?"

"그 무식한 놈들이랑은 별로 말을 섞고 싶지 않아서……."

"얼레? 약제당주랑 같은 이야기를 하네?"

"저놈이 그런 이야기를 했습니까?"

"그래."

선우조덕은 자신을 바라보며 히죽 웃는 공손천기를 보고 무안한 얼굴을 해 보였다.

"아무튼 이번 일에는 나서지 마. 내가 알아서 적절한 시기에 지원병을 보내도록 할 테니까."

"알겠습니다."

공손천기는 초류향의 계획을 염두에 두고 적절하게 움직일 병력들을 머릿속에 그려 보았다.

한데 그 대단한 공손천기도 여기에서 한 가지 실수를 했다.

미처 신경 쓰지 못했던 치명적인 변수를 계산하지 않았던 것이다.

* * *

화령은 정말 미칠 것만 같았다.

전박을 찾아가 보았고, 주상산 호법도 찾아가 보았다.

그 외에 다른 사람들 역시 쉼 없이 찾아다녀 보았지만 다들 반응이

뜨뜻미지근했다.
적극적으로 나서는 사람이 없었던 것이다.
심지어 교주님조차도 미적지근한 반응이었다.
반나절 가까이 그렇게 돌아다니고 헤매고 결국 화령이 혼자서라도 가야겠다고 생각하고 있을 때.
뜻밖의 구세주가 등장했다.
길거리 노점에서 껄껄 웃으며 호탕하게 술을 마시고 있는 건장한 체구의 우 호법을 우연하게 발견한 것이다.
그 큰 덩치는 멀리서 보아도 단박에 알 수 있었다.
화령은 이번이 정말 마지막이라는 심정으로 그를 찾아가 자초지종을 이야기했다.
그러자…….
콰아아앙—!
우 호법의 몸에서 뿜어 나오는 사나운 기세에 노점이 풍비박산 나며 사방으로 나뭇조각들이 튀었다.
시뻘겋게 충혈된 눈으로 우호법이 화령에게 말했다.
"소교주님이 뭐 어떻다고?"
화령은 우 호법이 뿜어내는 거친 기세에 숨이 막힌 얼굴로 더듬거렸다.
"지, 지금 위험에 처해 계실 겁니다."
"위치는?"
"이곳에서 대략 동쪽으로 반나절 가까이 가시면 주포(州浦)라는 곳

이 나옵니다. 거기에서…….”

화령은 우 호법에게 초류향의 위치를 자세하게 설명해 주었다.

“이 때려죽일 놈들, 내 이놈들을 당장 갈아 마셔 버리겠다!”

화령의 설명이 끝나자마자 우 호법은 노점상 주인에게 금전을 몇 개 던져 주고는 순식간에 사라졌다.

괴성과 함께 사라지는 그 모습을 지켜보며 화령이 얼떨떨한 얼굴로 서 있을 때.

얼마 지나지 않아서 그녀가 있는 자리로 누군가가 바람처럼 다가왔다.

빠르게 다가온 그는 잠시 주변 이곳저곳을 살펴보다가 화령을 발견하고 작게 탄식했다.

“이런……! 늦었구나.”

주상산. 주 호법이었다.

교주 공손천기의 은밀한 명령을 받고 우규호, 우 호법에게도 그 말을 전하려 했는데…….

너무 늦어 버린 것이다.

아쉬운 얼굴로 주변을 둘러보던 주상산은 결국 입맛을 쩝 하고 다신 후 화령에게 말했다.

“소교주님이 걱정되느냐?”

“예.”

본래는 소교주님을 암살하려던 암살자라고 들었다.

그런 주제에 꽤나 열심히 소교주님을 구원하기 위해 애쓰지 않았던가.

비록 주인의 의도를 정확하게 파악하지 못해서 일을 그르칠 뻔했지만 그 마음만큼은 제법 기특하게 보였다.

"걱정하지 마라. 네 주인님은 무사하실 거다."

"……."

이건 아까 전에 그렇게 냉담하게 말하던 사람이 맞나 싶을 정도의 변모가 아닌가?

주상산은 당황한 화령의 어깨를 툭툭 치며 흐뭇하게 웃었다.

자세한 상황은 설명해 줄 수 없었지만 주상산은 초류향이 이번 일로 크게 성장할 것임을 알았다.

그래서 주상산은 만족스러운 얼굴을 한 채 휘적휘적 분타로 다시 돌아갔다.

우규호를 말리지 못한 건 아쉽지만, 그가 도착할 쯤에는 이미 모든 일에 대한 결과가 나왔으리라는 사실을 짐작했던 것이다.

* * *

마차가 좁은 골목으로 들어서자마자 길 위에 거대한 나무와 바위들이 떨어져 내리기 시작했다.

쿠웅— 쿵쿵—!

마차의 진입로가 완전히 막히자 감녕은 마차를 멈춰 세우며 얼굴을 찡그렸다.

너무도 노골적인 등장이었기 때문이다.

게다가 상대방은 인원이 많았다.

"무슨 볼일이지?"

적들 중 가장 선두에 서 있던 자가 감녕의 질문에 비웃음을 머금었다.

"질문이 필요해? 이 상황에서?"

"……하긴 그것도 그렇겠군."

감녕은 최대한 여유로운 웃음을 입가에 그리려 했다.

하나 그것이 쉽지 않았다.

상대방이 천천히 다가오기 시작했던 것이다.

'숫자가 너무 많아.'

불리했다.

장소가 좁아서 그나마 방어할 면적은 줄어들었지만 그것도 어디까지나 일시적인 것일 뿐이다.

열 번을 막아도 한 번 뚫리게 되면 그것으로 끝이니까.

부담감이 상당했다.

그때.

마차 문이 열리고 초류향이 태연한 얼굴로 걸어 나왔다.

감녕이 화들짝 놀라서 초류향에게 말했다.

"위험합니다. 이놈들은 저희들끼리 처리할 테니 마차 안에 들어가 계시는 편이 나을 것 같습니다."

"괜찮습니다."

감녕은 입맛을 다시며 전음으로 속삭였다.

『놈들이 암기나 화살을 사용한다면 안전을 장담하기 어렵습니다.』

초류향은 고개를 끄덕였다.

그것도 예상 범위 안이었으니까.

잠시 다가오는 적들을 바라보며 초류향이 미소 지었다.

“저들은 오늘 찾아올 손님들 중 제일 약체입니다. 아마도 정도맹의 잔당들이겠지요.”

“어린놈의 혀가 요망하기 그지없구나. 죽어서야 정신을 차리겠느냐?”

초류향은 제일 전면에 서 있는 중년인을 보며 싸늘하게 웃었다.

“그쪽에게는 볼일이 없습니다. 뒤에 중요하신 손님들이 남아 있으니 시간 낭비입니다.”

“뭐? 시간 낭비?”

다가오던 적들이 갑자기 속도를 높였다.

초류향의 도발에 분노한 것이다.

그러다 갑자기 뒤쪽이 소란스러워졌다.

적들이 전면과 후면, 양쪽에서 동시에 몰아친 것이다.

“설마 이걸 믿고 큰소리친 겁니까?”

“허세 부리지 마라, 꼬마야.”

하나 그들을 바라보는 초류향의 시선은 유리알처럼 투명하고 맑았다.

조금의 걱정도 근심도 없는 편안한 눈빛.

'뭐야? 설마 습격을 미리 알고 있었나?'

천마신교를 급습하던 정도맹의 무리들.

그들 중에 가장 전면에 서 있던 청성파의 태허 도인은 순간 불길한 감정에 휩싸였다.

하나 곧 고개를 저었다.

자신이 실패하더라도 뒤따르는 동료가 성공하면 된다.

어찌 되었건 저 어린놈의 목만 따면 이기는 승부인 것이다.

이곳에 모인 인원만 무려 사백 명이었다.

포위망을 구축하고 있는 인원까지 하면 그 숫자는 더 많았다.

'도군을 꺾었다고? 저런 어린놈이?'

소문에는 항상 과장이나 허풍이 붙는 법이다.

태허 도인은 초류향을 보는 순간 소문이 거짓말이라고 생각했다.

그래도 마교의 소교주니까 제법 한가락 할 것은 분명할 터.

그 점을 염두에 두고 급하지만 최대한 고르고 고른 정예들만 추려 왔고, 정말 저놈이 소문대로 화경의 고수라 하더라도 절대로 빠져나갈 수 없는 포위망을 구축했다.

게다가 지리적으로도 좁은 골목이었으니 떼로 달려들면 눈먼 검에라도 맞아 죽을 것이다.

마차 주위를 호위하고 있던 마교의 졸개들이 하나둘씩 무기를 꺼내 들었다.

막 충돌하기 직전.

초류향이 태허 도인을 보며 중얼거렸다.

"우선은 가볍게 한 방."

말과 동시에 초류향이 주먹을 가볍게 끊어 쳤다.

빠엉—!

압축된 내력이 터져 나가며 전면의 좁은 골목으로 달려들던 인원을 덮쳐 갔다.

태허 도인을 비롯해서 모두가 각자의 무기를 꺼내 들고 전면을 막아섰다.

하지만…….

콰아아앙—!

"크아악!"

"커헉!"

폭음과 함께 피 떡이 된 사람들이 비명을 내질렀다.

그 모습을 무감각하게 바라보며 초류향이 말했다.

"저에게 자비를 기대하지 마십시오. 무정하다 욕해도 좋습니다. 이제야 비로소 제가 갈 길이 보였으니."

가야 할 길은 명확했다.

이제는 망설이지 않고 전진만 하면 그뿐.

초류향은 양손을 들어 올리고 뒤쪽에서 덮쳐드는 사람들을 고요하게 바라보았다.

그리고 작게 입을 열었다.

"강한 것은 그 형태가 어떠하든 언제나 옳다는 스승님의 말씀, 증명해 보이겠습니다."

초류향.

그가 다른 사람이 아니라 본인 스스로의 의지로 움직인 강호의 첫 행보.

그 역사의 시작이었다.

第四章

중독

초류향을 죽이려면 대체 어떻게 해야 할까?

살인의 전문가들이 몇 날, 몇 주, 아니 몇 달 동안 아무리 궁리를 해보아도 적당한 해답이 나오지 않았다.

초류향이 펼치는 진법은 거기에 대체 어떤 신묘한 재주를 부렸는지 모르겠지만 즉각이라고 해도 좋을 만큼 발동 속도가 빨랐다.

진법을 발동시키기 전에 죽이려 해도 초류향 스스로가 지닌 무력이 화경의 고수급이라 암습으로 죽일 수도 없었다.

결론은 정상적인 방법으로는 '절대' 혼자서 죽일 수가 없다는 말이다.

그렇다면 숫자가 많으면 가능할까?

이것도 난감했다.

진법이라는 것 자체가 대량 학살에 아주 유용했기에 숫자로도 밀어붙일 수가 없었던 것이다.

"이런 게 사기꾼이지. 다른 게 사기꾼이겠어?"

외눈박이의 사내.

그는 자신의 손에 들린 문서를 구기며 투덜거렸다.

그동안 가문에 해가 되는 많은 사람들을 어둠 속에서 처리해 왔다.

힘든 사람들도 있었지만 결국 항상 목표물은 그의 손에 죽어 나갔다.

천마신교의 주축이라 불리는 사대 세가.

그들 중에 천(天)가에 속해 있는 살인마 유운비(流雲飛)는 한숨을 내쉬며 중얼거렸다.

"저 꼬맹이는 인간미가 없어, 인간미가."

기회를 엿보다가 방심하는 순간 찌른다.

이것이 바로 암살자들이 취하는 가장 기본적인 방침이었다.

한데 저 꼬맹이 소교주는 심지어 방심하지도 않았다.

애초에 공격할 기회조차 주지 않는 것이다.

"지독한 놈."

잠을 잘 때도 진법을 펼쳐 놓고 자는 것은 물론이고, 은밀하게 숨어서 접근하려고 해도 반경 사십 장(대략 백이십 미터) 안에만 들어서면 어떻게 눈치채는 것인지는 모르겠지만 귀신같이 그들의 움직임을 꿰뚫어 보았다.

소교주 혼자만 해도 이렇게 힘든 판인데 더욱 일을 어렵게 만드는 것은 바로 소교주의 어둠 속 어딘가에 숨어 있는 운휘의 존재였다.

같은 살수 출신이라 그런지 그는 아무리 뛰어난 은신술이라도 귀신같이 꿰뚫어 보았다.

몇몇은 초류향의 얼굴도 못 보고 조용하게 운휘의 손에 죽어 나갔던 것이다.

"그래도……."

지금이라면 어떻게 해 볼 수 있을지도 모른다.

운휘도 곁에 없고, 항상 무식하게 으르렁거리기만 하는 집 지키는 개. 노진녕이라는 놈도 없었다.

완벽한 혼자.

두 날개가 떨어져 나간 초류향의 곁을 지키는 것은 마라천풍대가 다였다.

하나 그들 정도는 애초에 장애물이 되지 못했다.

그저 조금 거추장스러울 뿐.

정도맹의 고수들을 쓸어버리는 초류향의 압도적인 신위를 지붕 위에서 지켜보던 유운비는 낮게 혀를 차며 입을 열었다.

"정도맹의 녀석들은 역시 미끼도 되지 못하는데? 이제 어쩔 거야, 그쪽은?"

유운비가 바라보는 곳.

반대쪽 지붕 위에서 험상궂은 대머리 중년 사내가 히죽 웃으며 몸을 일으켰다.

"어쩌긴? 죽여야지."

"어떻게?"

"왜 그래? 같은 업종에 종사하는 선수들끼리. 정말 방법을 모르는 것처럼 연기하지 마. 네놈도 찢어 죽이고 싶어지니까."

유운비는 대머리 중년 사내를 바라보다 슬쩍 웃었다.

저놈은 이미 용씨세가의 암살자일 것이다.

인도(人屠, 인간 도살자)라는 살벌한 별명을 가지고 있는 놈.

둘 모두 상대방의 이름만 들어 본 사이였지만 서로의 실력에 대해서는 누구보다도 잘 알고 있었다.

'역시 이놈도 나와 같은 결론에 도달한 모양인데…….'

지금까지 수없이 고민하고 고뇌해 본 결과.

소교주를 정상적인 방법으로 죽일 수는 없었다.

그렇다면 방법은 정말 딱 한 가지밖에 없다.

"니 걸 먼저 쓸래? 아니면 내 걸 먼저 쓸까?"

"둘 다 같이 쓰지, 뭐."

"그것도 좋고."

둘은 소매에서 무언가를 꺼내 들고 서로를 바라보았다.

그러다가 마치 약속이나 한 듯이 동시에 초류향이 있는 곳을 향해 소매에서 꺼낸 물건을 집어던졌다.

* * *

초류향은 두 손을 들어 올린 상태로 앞뒤를 향해 벽을 밀듯이 밀어

냈다.

그러자 덮쳐 오던 정도맹의 무인들이 마치 무언가에 막힌 듯 뒤로 주르륵 밀려나기 시작했다.

"어? 어어?"

마치 눈에 보이지 않는 거대한 거인의 손에 떠밀리듯이 압도적인 힘으로 주르륵 뒤로 밀려 버린 것이다.

그렇게 거리가 어느 정도 벌어졌을 때.

양쪽으로 길게 뻗었던 손을 천천히 회수한 초류향이 가슴팍 앞에서 두 손바닥을 세차게 부딪쳤다.

짜악—!

경쾌한 소리와 함께 다시금 양손을 떼어 내며 앞뒤로 뻗었을 때.

초류향의 손에서는 붉은색 핏빛 강기가 파도처럼 뻗어 나갔다.

파괴의 극치라 불리는 수라환경.

그 악마의 무공이 세상에 다시금 나타난 것이다.

콰르릉—!

"으아아악!"

"크하악!"

애초에 저런 것을 막을 수 있는 사람은 초류향과 같은 화경의 고수뿐이다.

어설프게 팔다리로, 혹은 무기로 저것을 막으려 든 자는 그 자리에서 처참하게 깨어지고 터져 나갔다.

초류향은 그 험악한 광경을 무심한 얼굴로 바라보다가 작게 중얼거렸다.

“여기 오신 분들은 모두 절 죽이러 오신 것이니 저 역시 손에 사정을 두지 않겠습니다.”

“으으…….”

단 일격이었다.

그것 하나에 수많은 사람들이 피 떡이 되어 나뒹굴었다.

압도적인 무력 차이.

화경의 고수 중에서도 손꼽히는 도군 임제학을 꺾은 초류향이다.

그 무력이 약하다면 애초에 말이 되지 않는다.

처음부터 정도맹은 초류향을 너무 쉽게 생각했다.

‘엄청나다.’

곁에서 지켜보고 있던 감녕조차도 마른침을 삼키며 소교주의 신위를 멍하니 감상하고 있었다.

지금 그가 하는 일은 초류향이 움직이기 편하게 길을 터놓고 기다리는 것뿐이었다.

스윽—

그때 초류향은 앞뒤로 뻗었던 손을 부드럽게 회수하며 다시금 가슴팍 앞에 모았다.

공격은 아직 끝난 게 아니었다.

초류향은 두 손을 빠르게 비비며 손끝에 기운을 모았다.

우우웅—

음울한 소리와 함께 시뻘겋게 일렁거리는 기운이 손톱처럼 길게 뻗어 나오기 시작했다.

그 사이한 모습을 지켜보던 모두의 얼굴에 공포가 떠오를 때.

초류향이 선언하듯이 짧게 말했다.

"여러분들은 모두 이곳에서 죽습니다."

이들은 모두 적.

자비도, 동정도 할 필요가 없었다.

적에게 베풀 아량은 더 이상 초류향에게 없었다.

초류향은 손끝에 예리하게 맺혀 있는 강기의 손톱을 앞뒤로 크게 휘둘렀다.

빈 허공을 날카롭게 할퀴어 버린 것이다.

수라환경에 포함되어 있는 강력한 초식들 중에서도 광범위한 학살력만 보면 능히 세 손가락 안에 들어가는 초식.

하늘을 찢어 버리는 아수라의 발톱.

'참혼수라.'

콰지지직—!

섬뜩한 소리와 함께 앞뒤로 뻗어 나간 다섯 줄기의 강기가 공포로 굳어 있던 정도맹의 고수들을 휩쓸었다.

"크아아악!"

"끄, 끄으으……."

궤적에 포함되어 있는 모든 이들을 난도질하며 지나간 아수라의 발톱은 사람들을 도륙한 것도 모자라 양쪽 길을 막고 있던 돌벽마저 무너뜨렸다.

쿠르릉—!

"커헉!"

순식간에 수십 명의 사람들이 돌벽 밑에 깔렸다.

그것을 지켜보던 초류향은 마차 지붕 위로 몸을 옮긴 후 사방에 자욱한 먼지가 가라앉기를 기다렸다.

그때.

피이잉—

무언가가 초류향을 향해 날카롭게 쏘아져 왔다.

가장 가까이에 있던 마라천풍대원 하나가 재빨리 검을 뽑아 그것을 잘라 냈다.

암기로부터 소교주를 보호하려 한 것이다.

파팍—

양쪽으로 베어진 물체에서 푸른빛의 안개.

아니, 푸른빛의 가루가 사방에 퍼졌다.

그것을 지켜본 감녕의 얼굴이 대번에 변했다.

"독이다!"

멀리 떨어져 있던 감녕이 호흡을 멈추고 내력을 뿜어내 가루를 바깥으로 밀어냈다.

초류향 역시 소매를 크게 휘두르며 도왔다.

하지만 이미 너무 늦은 대응이었다.

"크윽!"

최초로 독주머니를 잘라 냈던 마라천풍대원은 얼굴이 흙빛으로 변하며 바닥에 주저앉았다.

중독된 것이다.

단 한 모금.

한 모금만으로도 절정 고수를 중독시킬 만큼 치명적이었다.

마라천풍대원은 금세 코와 입에서 시커먼 피가 흘러나오며 천천히 바닥에 무너졌다.

감녕의 얼굴이 일그러질 때.

초류향이 차분하게 입을 열었다.

"준비하세요. 이제부터 진짜가 옵니다."

감녕은 소교주의 말을 듣고 옆을 보았다.

무너진 벽 너머로 천천히 다가오고 있는 수백 명의 사람들.

그들은 거의 궤멸되다시피 한 정도맹의 고수들을 베어 넘기며 무심하게 포위망을 구축하고 있었다.

그중에서도 특히 눈에 띄는 대머리 중년 사내.

그는 바닥에 쓰러져 있던 정도맹 고수들의 머리통을 마치 무 뽑듯 뽑아내며 즐겁게 웃고 있었다.

좌아아악—!

고통으로 일그러진 머리통을 들어서 흔들어 보이며 대머리 중년인이 웃었다.

"낄낄낄. 과연 제법이야, 소교주. 가문의 콧대 높은 어르신들이 밤잠을 설칠 만해."

"……."

"근데 말이야……."

살기로 희번덕거리는 눈을 들어 초류향을 바라보던 대머리 중년인은 헤벌쭉 웃으며 허리춤에 매여 있던 식도를 꺼내 들었다.

"너 중독됐지? 그치?"

"……."

초류향은 아무 말도 없이 대머리 중년인을 바라보았다.

그러자 대머리는 식도를 흔들다 그 칼날을 혀로 핥으며 말했다.

"이건 주방에서 고기를 해체할 때 쓰는 거야. 이걸로 네 살코기를 발라 줄게. 그러면 어르신들이 좋아하겠지. 낄낄낄."

"……."

한마디 쏘아 줄 법도 한데 초류향은 아무 말도 없이 특유의 덤덤한 눈으로 중년인을 바라보고만 있었다.

하나 초류향의 이마에는 식은땀이 줄줄 흐르고 있었고, 그의 전신은 희미하게 떨리고 있었다.

감녕의 얼굴이 일그러졌다.

'정말로 중독되셨다.'

큰일 난 것이다.

아무래도 방금 전에 내력을 운용해서 독 가루를 밀어낼 때 중독된 모양이었다.

한데 화경의 고수도 중독시킬 정도의 독이라니…….

감녕이 사대 세가의 치밀한 준비성에 이를 갈 때.

사방에서 은신하고 있던 무인들이 속속 등장했다.

그중에는 선우세옥도 있었다.

"사대 세가의 그림자들이 한곳에 모인 것은 처음이네."

선우세옥은 빙그레 웃었다.

생각보다 일이 잘되어 가고 있었던 것이다.

그래서 기분이 좋았다.

항상 어둠 속에 숨어 있던 그들이 이렇게 당당하게 등장한 것을 보며 감녕은 낮게 말했다.

"이런 짓을 하고도 무사할 것 같으냐? 교주님이 너희들을 끝까지 찾아내 복수해 주실 것이다."

"지금 네놈 목숨이나 걱정해, 멍청아. 살지도 죽을지도 모르는 놈이 남 걱정이나 하고 있어."

감녕은 어금니를 깨물며 놈을 노려보았다.

외눈박이 살인마.

유운비는 자신을 쏘아보는 감녕을 비웃어 주며 고개를 들어 옆을 바라보았다.

그곳에는 당장에라도 바닥에 쓰러질 것 같은 비루한 노인 하나가 골골거리며 서 있었다.

"그나저나 단리세가도 급하긴 했나 보네? 은퇴한 살수 단리경까지 여기에 보낸 걸 보니까."

"흘흘……."

노인은 별다른 대꾸를 하지 않으며 그저 지팡이로 바닥을 가볍게 몇 번 탁탁 튕겼다.

그러자 단단한 암석덩이로 이루어진 바닥에 깊숙한 구멍이 생겼다.

아직 죽지 않았다는 것을 몸소 보여 준 것이다.

"귀여운 영감탱이. 지금 재롱부리는 거야? 응?"

유운비가 단리경의 행동에 농담을 하고 있을 때.

조용히 그들을 바라보고 있던 초류향은 천천히 눈을 감고 호흡을 골랐다.

저들의 눈은 정확했다.

초류향은 확실히 중독되었던 것이다.

내력이 흩어져 가는 것이 느껴졌다.

대체 어떤 종류의 독인지는 모르겠지만 몸 안에 파고들어 아귀처럼 내력을 잡아먹으며 흩어 놓고 있었다.

이것은 초류향이 예상했던 범위 바깥의 일이었다.

"근데 누가 저 꼬맹이의 목을 딸 거야?"

외눈박이가 말하자 사대 가문의 암살자들은 서로의 얼굴을 살펴보았다.

무언가 꺼림칙한 얼굴.

막상 죽이려니 여러 가지 걸리는 점이 많았던 것이다.

감녕은 그들의 태도를 보다가 조용하게 입을 열었다.

"지금이라도 돌아가라. 너희들이 감히 교주님의 분노를 감당할 자신이 있느냐? 여기서 더 일을 진행시키다간 너희 소속 가문은 멸문을 당할 것이다."

사대 가문의 암살자들은 자신들을 향해 충고하는 감녕을 재미있다는 얼굴로 바라보았다.

"저 병신이 지금 뭐라는 거야?"

대머리 중년인이 말하자 외눈박이가 대꾸했다.

"저 멍청이는 아직 모르나 봐."

감녕은 자신의 협박이 전혀 통하지 않자 의아한 얼굴을 해 보였다.

아무리 사대 가문이 막 나간다 하더라도 이 정도로 일을 크게 벌이면 소문이 새어 나가는 것을 막을 순 없다.

소교주님을 상하게 했다가는 그 뒷감당을 대체 어찌할 생각인 걸까?

교주님의 분노를 피할 방법이 있다는 말인가?

감녕이 혼란스러워할 때.

외눈박이가 그를 비웃으며 말해 주었다.

"우리 친절하신 교주님께서 직접 사대 가문에 공문을 보낸 걸 아직 몰랐나 보네? 비공식적으로 소교주를 암살하려 하는 건 자기의 이름을 걸고 묵인해 준다고 하셨지. 그러니까 우리가 이렇게 당당하게 얼굴을 드러낸 거야. 결론부터 말하자면 하늘 같으신 교주님께서 직접 저 꼬맹이를 죽이는 걸 허락하셨다 이거야."

"……!"

충격적인 말이었다.

감녕이 넋 나간 표정을 지었다.

그때 눈을 감고 가만히 이야기를 듣고 있던 초류향이 눈을 떴다.

그리고 멈춰 있던 두 손을 천천히 움직였다.

*　　　*　　　*

무림에서는 독을 사용하는 것을 대단히 비겁한 행동으로 여기며 비난한다.

비난하는 이유는 간단했다.

독을 사용하면 어린아이라도 아주 손쉽게 무공 고수를 죽일 수 있기 때문이다.

그만큼 독은 순수한 힘을 추구하는 무림의 질서를 어지럽히는 대단히 위험한 요소였다.

'하지만 그만큼 효과는 확실하지.'

선우세옥은 생각했다.

소교주가 중독된 것은 명백했다.

저놈들이 어디서 어떤 독을 구해 왔는지는 모르겠지만 어차피 그건 중요하지 않았다.

지금 소교주가 중독되었고, 조만간 죽을 것이라는 사실.

그것 하나면 충분했으니까.

한데…….

'이상하다.'

선우세옥은 턱을 쓰다듬으며 멀찍이 떨어져서 초류향을 지켜보았다.

예감이 좋지 않았다.

오랜 기간 그림자에 숨어서 사람들을 제거해 오다 보니 선우세옥에게는 말로 설명하기 힘든 어떤 감각이 발달했다.

그 감각이 지금 선우세옥에게 경고하고 있었다.

분명히 소교주는 다 죽어서 비실거리는 목표물이다.

하지만 요상하게도 선뜻 나서서 제거하기가 꺼려졌다.

슬쩍 주변 눈치를 보아하니 다들 자신과 비슷한 생각을 하고 있는 모양이었다.

누구 하나 먼저 나서서 마무리를 지으려 하지 않았던 것이다.

그 머뭇거림이 초류향을 살렸다.

'월인도법.'

수라환경이 공격에 치중되어 있다면 월인도법은 지극히 방어적이었다.

온몸을 완벽하게 통제하는 것이 바로 월인도법.

그리고 월인도법은 독에 대한 내성도 상당히 강했다.

내부에서 산산이 흩어지고 있던 수라환경의 기운 사이로 월인도법의 기운이 고개를 내밀고 있었다.

잠깐의 머뭇거림.

그것으로 충분했다.

청명한 월인도법의 기운이 순식간에 초류향의 온몸을 타고 돌며 독기를 밀어냈다.

동시에 수라환경의 내력도 다시금 들끓어 오르며 몸 안에서 격렬한 변화를 보이기 시작했다.

사대 세가의 고수들이 일이 잘못되어 간다는 것을 느낀 건 그때쯤이었다.

초류향 주변의 공기가 폭풍처럼 요동쳤다.

그때.

눈을 감고 독을 억누르고 있던 소교주가 갑자기 눈을 뜨더니 손을 들어 올렸다.

그리고 그 상태로 입을 벌리고 붉은 연기를 토해 냈다.

몸 안의 독기를 내력으로 태워 낸 것이다.

"이런 망할!"

식도를 들고 있넌 용씨세가의 자객.

그가 급한 대로 들고 있던 식도를 초류향을 향해 집어던졌다.

쾅—!

손을 들어 쏘아져 오던 식도를 쳐낸 초류향은 고개를 돌렸다.

우연인지 아닌지 알 수 없었지만 눈을 뜬 초류향과 선우세옥이 허공에서 시선을 마주쳤다.

동시에 선우세옥의 가슴속에 찬바람이 일었다.

'이놈…….'

눈빛이 조금 전과는 다르게 너무도 침착했다.

중독에서 완전히 회복한 것이다.

선우세옥은 이를 갈며 소매에 손을 넣었다.

이윽고 무언가를 빠르게 뽑아내며 허공에 뿌리기 시작했다.

쐐애애액—!

바늘 같은 암기가 선우세옥에게서 뻗어 나가 초류향을 덮쳐 갔다.

그 암기들엔 모두 극독이 발려 있어서 하나라도 스치면 화경의 고수도 무사할 수 없을 것이다.

하지만…… 그것도 어디까지나 맞았을 때의 이야기다.

파가가각—!

초류향의 두 손에서 뭉클거리며 피어나온 기운이 순식간에 암기들을 쳐 냈다.

청강빛이 감도는 사슬 모양의 강기.

'월인도법. 난(亂).'

월인도법의 제일 첫 번째 단계이자 입문 단계인 련.

그것을 넘어선 뒤의 두 번째 단계.

즉, 화경의 단계를 일컫는 통(通, 하늘과 통함)에 들어서면 방어적인 월인도법을 공격적으로 사용할 수 있게 된다.

그중에서도 가장 파괴적인 힘을 보이는 게 바로 난이다.

"뭐, 뭐야, 저건?"

처음 느껴 보는 종류의 기운.

청량한 듯하면서도 동시에 묵직한 느낌의 기운.

선우세옥을 비롯해서 사대 세가의 암살자들이 모두 당혹스러운 얼굴을 해 보일 때.

초류향은 강기의 사슬을 길게 뽑아내 양손으로 팽팽하게 잡아당기며 으슬으슬한 어투로 입을 열었다.

"함정에 빠진 건 제가 아니라 당신들입니다."

그동안 외부로 단 한 번도 공개하지 않았던 것이 바로 월인도법이다.

바로 오늘 같은 날을 위해.

일부러 억누르고 숨겨 놨던 것이다.

하나 이제는 숨길 필요가 없다.

카르르륵—!

초류향은 양손을 크게 휘두르며 주변으로 강기의 사슬을 뿌려 댔다.

"크아악!"

"커헉!"

사슬에 맞은 사람들은 날카로운 칼에 베인 듯 몸뚱이가 절단되었으며 무기로 막으려 해도, 검기로 튕겨 내려고 해도 소용이 없었다.

얄팍하게 보여도 파괴의 정점이라는 강기를 응축시켜 만든 사슬이었기 때문에 보통 수단으로는 도저히 막을 수가 없다.

순식간에 초류향이 서 있는 마차 주변이 피로 물들었다.

아수라장으로 변한 것이다.

모두의 눈가에 공포가 스멀스멀 떠올랐다.

말도 안 되는 일이었다.

이런 어처구니없는 무공이 있었단 말인가?

강기를 쇠사슬처럼 휘두르다니?

선우세옥이 황당한 얼굴을 할 때.

외눈박이 암살자.

유운비가 낮게 입을 열었다.

"이봐, 다들 정신 차려. 저놈 지금 죽여야 해. 모두들 이번에 확실히 알았겠지? 여기서 저 괴물을 못 잡으면 영원히 못 잡는다는 거?"

선우세옥을 비롯한 사대 세가의 대표 암살자들은 퍼뜩 정신을 차리고 고개를 끄덕였다.

그랬다.

저놈은 지금 죽여야 하는 것이다.

저 위험한 괴물을 더 성장하게 놔두었다가는 뒷감당이 되지 않았다.

선우세옥이 제일 먼저 소매에서 붉은색 장갑을 꺼내 들었다.

그리고 그것을 끼며 낮게 말했다.

"다들 살아 나갈 생각 따위 버려. 어차피 여기서 저놈을 못 죽이면 우리는 다 죽은 목숨이니까."

"……!"

공포에 질려 가던 모두의 눈가에 짙은 살기가 떠올랐다.

이들은 암살자.

사람의 목숨을 전문적으로 빼앗아 온 자들.

여기서 쉽게 꺾일 자들이 아니었다.

그때.

빡빡머리의 중년인이 입술을 씰룩거리며 웃었다.

"좋아. 내가 먼저 나서지."

인간 도살자라 불리는 중년인.

그가 허리춤에 있던 식도 하나를 꺼내 들며 실실 웃었다.

"원래 저렇게 펄떡거리는 놈을 죽여야 짜릿하거든. 더 이상은 못 참겠다."

그가 혀로 입술을 핥으며 잔뜩 흥분한 얼굴을 해 보였다.

"이봐, 신중하게 빈틈을 노려."

외눈박이가 낮게 충고하자 빡빡머리는 흰자위를 번들거리며 헤벌쭉 웃어 보였다.

"나에게 명령하지 마, 눈깔. 뒈지고 싶지 않으면."

엄청난 살기였다.

힘과 기술. 무공을 넘어서는 그 독특하고도 순수한 광기 앞에서 외눈박이는 입술을 씰룩거렸지만 굳이 더 말을 잇지는 않았다.

'저 미친 새끼…… 또 발작했구만.'

빡빡머리 중년인.

그의 본명은 용철후였다.

용씨세가의 숨겨진 암살자이자 넘쳐 나는 광기 때문에 가문 내에서는 반쯤 내쳐진 인물.

그는 살인이 좋았다.

정말정말 좋았다.

사람들의 육체를 하나하나 해체할 때의 그 짜릿한 손맛이 너무도 좋았던 것이다.

사람들이 죽어 갈 때의 고통스러운 비명도 좋았고, 공포에 질려 일그러진 표정도 너무 좋았다.

계집질과는 비교도 안 될 만큼의 쾌락이 거기에 있었다.

특히 저렇게 거칠게 반항하는 녀석일수록 기쁨은 더 컸다.

'인간은 모두 고깃덩이지.'

손에 들고 있던 식도를 가볍게 던지고 용철후는 빠르게 움직였다.

파캉—!

초류향이 손을 가볍게 흔들어 강기의 사슬로 식도를 쳐 내는 것이 보였다.

그때 생긴 작은 빈틈.

그 찰나의 틈바구니로 용철후는 몸을 날렸다.

초류향이 서늘한 얼굴을 해 보였다.

'이게 빈틈으로 보였나?'

우스운 생각이었다.

촤라락—!

초류향은 손목을 낭창낭창하게 휘돌려 강기의 사슬이 물결치게 만들었다.

그 불규칙한 출렁거림이 용철후의 전신을 베어 왔다.

크드드득—!

순식간에 전신이 피투성이가 되었지만 용철후는 웃었다.

초류향이 얼굴을 찡그렸다.

'중요 부위만 철저하게 보호하고 나머지는 포기한다?'

대단한 자였다.

방금 전 초류향의 공격에도 망설임 없이 몸을 최대한 숙이고 팔 하나를 포기하면서 들어온 것이다.

공격을 할 수 있는 사정거리 안으로.

'시도는 좋다.'

하지만 그뿐이다.

초류향이 다시금 강기의 사슬을 휘두르려고 할 때.

용철후가 멀쩡한 한 손으로 허리춤의 식도를 뽑아 들었다.

그리고 집어던졌다.

지척에서 집어던진 탓에 강기의 사슬로 쳐 내긴 거리상 애매했다.

때문에 초류향은 입맛을 다시며 옆으로 한 걸음 움직여 그것을 피했다.

여태까지 제자리에서 한 번도 움직이지 않았던 초류향이 결국 자리를 이동한 것이다.

용철후는 그 모습을 보고 흥분으로 붉게 달아오른 얼굴을 한 채 초류향에게 달려들었다.

눈은 이미 시뻘겋게 충혈되어 있었고, 입에서는 단내가 뿜어져 나왔다.

'상대를 죽이는 것에는 무공 따위가 필요 없다, 꼬마야.'

저 어린놈이 무공이 더 뛰어난 것은 맞았다.

하나 사람을 죽이는 건 고수만 할 수 있는 게 아니다.

그냥 칼을 찔러 넣을 힘만 있으면 되는 것이다.

게다가 이 정도 거리라면 고수고 나발이고 필요 없었다.

용철후가 덤벼들며 허리춤에 마지막으로 남아 있던 식도를 뽑아 들었다.

그리고 앞으로 찔렀다.

초류향의 여리여리한 목덜미를 향해서.

'뚫는다! 뚫는다!'

보랏빛 검기가 잔뜩 집중된 식도가 초류향의 목덜미를 향해서 쏘아져 갔다.

하나 그것을 지켜보던 초류향의 입가에는 가느다란 미소가 떠올랐다.

파캉—!

"어? 어라?"

초류향의 목덜미에 닿은 식도는 더 이상 앞으로 나아가지 못했다.

마치 단단한 벽에 막힌 듯 굳어 버린 것이다.

"그, 금강불괴?"

금강불괴(金剛不壞, 온몸이 쇠붙이처럼 단단해져서 칼과 검에 상처가 나지 않는 신체).

말로만 전해진다는 전설상의 경지가 아닌가?

게다가 일반적인 무기도 아니고 검기가 뚫지 못한다니?

지켜보고 있던 사대 세가의 고수들이 기겁한 얼굴을 할 때.

초류향은 무릎으로 용철후의 명치를 올려쳤다.

빼억—!

용철후는 가슴팍이 함몰된 채 이해할 수 없다는 눈빛으로 저 멀리 나가떨어졌다.

금강불괴인데 어째서 자신이 던진 식도들을 피했을까?

초류향은 양손에 있던 강기의 사슬을 회수한 후 주변을 둘러보다 목을 좌우로 꺾으며 말했다.

"더 안 들어오십니까? 지금이 마지막 기회일 텐데요?"

선우세옥은 이를 갈았다.

방금 저놈이 쓴 무공은 확실하게 수라환경이 아니었다.

그런데 문제는 그 정체 모를 무공의 위력이 수라환경 못지않다는 것이다.

'정보가 부족했다.'

독에도 중독되지 않고, 신체도 금강불괴라면 대체 저놈을 어떻게 죽여야 한다는 말인가?

게다가 저 정체 모를 무공도 무엇인지 알아야 했다.

선우세옥이 어두운 얼굴을 해 보일 때.

초류향은 그를 뚫어지게 바라보았다.

아니, 정확하게는 그 뒤에 있는 주름투성이 노인을 응시하고 있었다.

단리세가의 은퇴한 살수 단리경.

그는 선우세옥의 그림자 쪽에 존재감을 죽이고 숨어서 줄기차게 기회를 엿봤다.

단 한 번.

단 한 번만 기회를 잡으면 충분했으니까.

하나 초류향은 용철후와 부딪칠 때조차도 그에게서 시선을 떼지 않았다.

초류향이 판단하기에 지금 이 자리에서 가장 경계해야 할 대상은 바로 단리경.

저 노인이었기 때문이다.

그리고 그 판단은 정확했다.

한참 존재감을 죽이며 주변에 녹아들어 있던 단리경은 결국 아쉬운 얼굴로 포기했다.

초류향이 자신을 경계하고 있다는 것을 눈치챘기 때문이다.

그는 천천히 비틀거리며 앞으로 나섰다.

"아이야. 네가 쓴 건 월인도법이겠구나."

"……."

초류향은 이제야 앞으로 나선 그를 뱁새눈을 뜨고 바라보았다.

겉으로 보기엔 주름투성이에 치아가 다 빠져서 입술을 우물거리는 평범한 노인이다.

지금 당장 무덤에 들어가도 전혀 이상할 것이 없는 모습.

하나 초류향은 알았다.

저 단순한 겉모습에 속아선 안 된다.

저자는 지금 이 자리에 있는 그 누구보다도 위험한 존재였다.

'화경의 고수.'

초류향은 웃었다.

어둠 속에 숨어서 기회를 엿보고 있던 최종 장애물이 드디어 겉으로 드러났던 것이다.

第五章

숨겨진 화경의 고수

처음에 초류향은 단리경을 보고 깜짝 놀랐다.

잘못 본 건가 싶어서 몇 번이고 다시 확인해 보았다.

'칠십삼.'

암살자가 화경의 고수라니?

게다가 이곳에 있는 그 누구도 정체를 정확하게 파악하지 못하는 것을 보면 그 실력을 정말 오랜 기간 어둠 속에 숨겨 놓고 있었다는 것 아닌가?

저런 자가 또 있을까?

걱정이 되었다.

만약 숨겨진 고수가 더 있다면 이번 계획은 완전히 망가지는 것이니까.

긴장한 얼굴로 주변을 둘러보며 초류향은 안도했다.

눈앞에 있는 저 노인.

단리경이라 불리는 저 노인 이상의 고수는 이곳에 없었다. 그만 경계하면 되었던 것이다.

그걸 아는지 모르는지 단리경은 초류향의 이곳저곳을 살펴보며 입을 열었다.

"제법 재미있는 수작을 부렸다만…… 내가 보기에 너는 금강불괴가 아니다. 그렇지?"

단리경이 불쑥 질문하자 초류향은 순순히 고개를 끄덕였다.

역시 다른 자들은 속일 수 있어도 저자는 무리였다.

초류향의 긍정에 단리경은 입술을 푸들거리며 기분 좋게 웃었다.

"솔직하구나. 나중에 잘만 자랐다면 정말 교주님과 같은 거목이 되었겠어. 하지만 그러지 못하는 게 정말 안타깝게 되었다. 넌 여기서 죽어야 할 것 같거든. 우리 가주가 너 때문에 많이 곤란해해서 말이야. 너도 모두가 귀찮아지는 건 싫을 게야, 그렇지?"

단리경의 말투는 마치 동네의 할아버지처럼 친근했지만 그 내용은 실로 무시무시했다.

초류향은 자신을 조용히 타이르는 듯한 단리경의 말투에 고개를 끄덕이며 웃었다.

"나 역시 오늘로 모든 걸 끝내고 싶습니다. 노인장만 제거하면 가능할 것 같군요."

언젠가 한 번은 정리하고 갈 문제였다.

자신을 죽이고자 하는 자들의 명분은 이해했다.

거슬렸을 것이다.

외부에서 영입된 사람이 소교주가 되고, 차후에는 교주의 자리에까지 오른다면 쉽게 납득하기 힘들 테니까.

재능이 있고 없고는 두 번째 문제였다.

기득권을 잃고 싶지 않았을 것이다.

'하지만 죽어 줄 수도 없는 노릇이지.'

그들의 입장을 이해는 하지만 순순하게 죽어 줄 순 없는 노릇이었다.

그렇다면 어떻게 해야 할까?

저들이 자잘하게 공격해 오는 것을 언제까지나 일일이 받아 줄 순 없었다.

그건 대단히 피곤하고 번거로운 일이었으니까.

그래서 초류향은 이번 계획을 생각했다.

때마침 잘되었다고 여긴 것이다.

'한꺼번에 정리하고 간다.'

앞으로 더 멀리, 더 높이 나가려면 뒤에서 거추장스럽게 발목을 잡는 것을 모조리 제거하고 가야 한다.

하지만 초류향의 적들은 바보가 아니었다.

아니, 오히려 지나치게 똑똑했다.

조금이라도 위험하다 싶으면 어둠 속에 몸을 숨긴 채 가만히 기회만 엿볼 게 분명했다.

그건 곤란했다.

이렇게 신중하고도 똑똑한 자들을 끌어들이려면 정말로 먹음직스러운 미끼가 필요했다.

초류향은 그것을 알았기에 스스로의 몸을 미끼로 던졌다.

그리고 그것은 적들에게 정확하게 먹혀들었다.

이번 기회에 초류향을 죽이려고 전력을 몽땅 다 투입한 것이다.

우둑—

초류향은 단리경을 바라보며 슬쩍 웃었다.

단리경 역시 초류향을 바라보며 사람 좋은 미소를 그렸다.

서로가 다른 생각을 한 채 미소 짓고 있었다.

"왜 웃는지 물어봐도 되겠습니까?"

초류향이 불쑥 묻자 단리경은 자신의 지팡이를 만지작거리며 말했다.

"너 같이 미래가 기대되는 아이를 죽이게 되어서…… 그리고 이 일을 마지막으로 은퇴하게 되어서 너무 기뻐 웃었단다."

아무래도 초류향이 다 잡은 물고기로 보이는 모양이었다.

그러거나 말거나 상관없었다.

초류향 역시 흐뭇하게 웃으며 단리경을 살펴보았다.

그 두려움 없는 미소에 단리경은 고개를 갸우뚱했다.

이해가 되지 않는 것이다.

"아이야, 너는 분명 내 정체를 알았을 텐데…… 그래도 웃음이 나오느냐?"

"아아, 스승님께서 숙제를 내 주셨거든요."

"숙제?"

"예. 최대한 많이 웃으라고 하셨습니다."

초류향은 이제야 스승님께서 내 주신 숙제가 무슨 뜻이었는지 짐작이 되었다.

그랬기에 기뻤다.

스승님이 내주신 숙제에 대한 정확한 답을 지금이라면 확실하게 말씀드릴 수 있을 것 같았기 때문이다.

단리경이 피식 웃으며 말했다.

"교주님께서는 그 숙제에 대한 대답을 들으실 수 없으실 게다."

초류향은 고개를 저으며 주먹을 쥐어 보였다.

"그쪽이야말로 오늘 저에게 강제로 은퇴당하시게 될 겁니다."

"네 실력은 이미 지켜보았다. 너는 오만해도 된다. 분명히 강한 힘을 가졌으니까. 하나 너무 정정당당한 싸움에만 익숙해져 있더구나. 그런 건 진짜 강호의 싸움이 아니지."

초류향은 안경을 한 번 만지고 자세를 잡으며 말했다.

"대화가 너무 길어지는 거 같은데 이제 그만 오시죠. 시간이 많으십니까?"

단리경의 눈빛이 변했다.

조금 전까지 억지로 인자한 듯, 한가한 듯 꾸미고 있던 그의 눈빛에서 뱀과 같은 사악함이 흘러나왔던 것이다.

그 역시 살인마.

전문적으로 사람을 죽이는 일을 직업으로 삼고 있는 자인 것이다.

"……클클. 그래, 그러자꾸나. 장난은 그만해야지."

단리경은 가볍게 '웃차' 라는 소리를 내며 허리를 꼿꼿하게 세웠다.

그러자 조금 전까지 비실거리고 한없이 약하게만 보였던 그의 몸에서 살벌한 기운이 뿜어져 나오기 시작했다.

선우세옥을 비롯해서 외눈박이 유운비도 깜짝 놀랐다.

단리경이 그들의 시대보다 한발 앞서서 자객으로 활동한 것은 알고 있었다.

워낙에 유명했고, 실패를 몰랐던 암살자였으니까.

하나 그가 이 정도의 힘을 숨기고 있다는 사실은 아무도 알지 못했다.

"뭐, 뭐야? 화경의 고수였어, 영감님?"

"흘흘, 영업상 비밀이라 숨기고 있었지."

"하, 하하핫! 이 장난꾸러기! 대단하잖아, 영감님!"

유운비가 말을 더듬거리며 감탄하자 단리경이 피식 웃으며 말했다.

"흘흘. 그래, 이제야 어른에 대해 공경심이 좀 생기는가 보구나."

"하하! 공경심? 아니, 이건 존경심이야, 영감님. 정말 대단해!"

선우세옥도 마른침을 꿀꺽 삼키며 고개를 끄덕였다.

공식적으로 천마신교에 소속된 화경의 고수는 우 호법과 주 호법, 그리고 운휘와 노진녕.

이렇게 네 명뿐이었다.

한데 전혀 의외의 장소에서 화경의 고수가 등장했다.

이것은 큰 사건이었다.

'그리고 지금의 우리에게는 매우 유리한 일이지.'

현재의 소교주는 확실히 화경의 고수 정도가 아니라면 상대하기 어려웠다.

아니, 죽이고자 한다면 죽일 수는 있을 것 같았다.

하나 절정 고수들로만 상대하려면 정말 막대한 피해를 감수해야 하는 것이다.

그런데 화경의 고수가 등장했다.

이건 엄청나게 좋은 징조가 아닌가?

분위기는 대번에 반전되었다.

모두가 초류향의 엄청난 무력에 공포심을 느끼고 있다가 한 가닥 희망을 발견한 것이다.

그리고 그 작은 차이는 의외로 커다란 변화를 불러왔다.

"주변을 봉쇄해."

"알겠습니다."

선우세옥이 입을 열어 말하자 그의 수하들이 사방으로 흩어지며 주변을 차단했다.

그러자 퍼뜩 정신이 든 유운비도 서둘러 수하들에게 주변을 차단하게 시켰다.

최후의 순간.

만에 하나 단리경과 초류향이 격돌해서 초류향이 이긴다 하더라도 치명상을 입을 게 분명했다.

'도망치게 놔둘 순 없지.'

포위를 한 것은 그것 때문이었다.

어차피 화경의 고수들끼리 부딪치게 된다면 어중이떠중이들은 끼어들 자리가 없었다.

하나 싸움이 끝난 뒤라면 다르다.

초류향 역시 그 사실을 알았기에 고개를 끄덕이며 그때까지도 마차 주변에 둥글게 포진하고 있던 마라천풍대를 바라보고 입을 열었다.

"저와 최대한 거리를 벌리세요."

"그럴 순 없습니다."

"방해가 될 뿐입니다."

감녕은 고개를 저었다.

그로서는 최초로 명령에 불복종하는 것이다.

하나 이것은 그만큼 중요한 일이었다.

"다른 녀석들이라면 그럴지도 모르겠지만 저라면 소교주님께 한번쯤 기회를 만들어 드릴 수 있습니다."

초류향은 감녕을 바라보았다.

그리고 그 비장한 표정에서 정말로 그가 목숨을 걸고 기회를 만들어 줄 생각이라는 것을 읽었다.

고마웠다.

하지만 그것으로 충분했다.

"마음만 받겠습니다."

"소교주님!"

감녕이 다시 한 번 간절하게 말했지만 초류향은 이미 그를 보고 있지 않았다.

오로지 단리경만을 바라보며 초류향이 입을 열었다.

"감녕 부대주께서는 제 실력을 의심하시는 겁니까?"

정곡이었다.

제아무리 소교주고, 도군을 제압했다곤 하지만 거기에는 어느 정도의 운이 작용했으리라.

그가 대답하지 못하고 곤혹스러운 얼굴을 하고 있자 초류향은 피식 웃었다.

거짓말에 서툰 순수한 모습이 마음에 들었던 것이다.

"물러나셔도 됩니다. 걱정하시는 일 같은 것은 일어나지 않을 테니까."

초류향은 양손 소매를 걷어 올리며 천천히 기운을 끌어모았다.

그러면서 말했다.

"감녕 부대주께서는 놈들이 도망치지 못하게만 막아 주시면 됩니다. 오늘 이곳에 있는 자들은 몽땅 죽여야 할 녀석들이니까요."

선우세옥은 초류향의 말에 입을 헤 하고 벌리며 어이없는 얼굴을 해 보였다.

애초에 도망칠 생각도 없었지만 포위당한 주제에 저렇게 말을 하니 황당했던 것이다.

'저놈들이 도망쳐도 모자랄 판에 우리가 도망치는 것을 막아 달라고?'

그런데 이상하게도 저런 황당한 소리를 너무도 자연스럽게 내뱉으니 묘하게 설득력이 있었다.

그 사실에 불쾌한 기분이 된 선우세옥이었다.

"잡담은 끝났느냐?"

단리경이 물었다.

초류향은 고개를 끄덕이며 대답했다.

"예. 준비는 되었……."

쉬이이익—!

"헛! 비겁하다!"

감녕이 소리쳤다.

초류향의 말이 채 끝나기도 전에 단리경의 지팡이가 움직였기 때문이다.

지팡이 끝에 가득한 시커먼 기운이 곧장 초류향의 목덜미를 노리며 쏘아져 갔다.

퍼엉—!

다행히 손을 휘둘러 그것을 위로 쳐낸 초류향을 향해 단리경이 곧장 주먹을 뻗었다.

가까운 거리였기에 서슴없이 그것을 마주쳐 가던 초류향은 화들짝 놀라며 몸을 뒤집어 마차 아래로 훌쩍 뛰어내렸다.

주먹끼리 충돌하기 직전, 단리경이 손을 활짝 펴며 초류향의 손목을 교묘하게 잡아채려고 했기 때문이다.

'근접 박투술을 사용한다?'

단리경은 본래 무기를 사용하는 것이 아니라 근접전을 하는 사람이었던 것이다.

'지팡이는 속임수였군.'

하마터면 이번 공격에 손목이 꺾여 나갈 뻔했다.

마차에서 뛰어내린 초류향은 단리경이 자신을 내려다보며 공격을 하지 않자 입맛을 다시며 말했다.

"숨기고 계신 것이 많군요."

"아직 보여줄 게 더 많다, 아이야. 한데 고작 이 정도에 당황해서 되겠느냐?"

"저도 아직 보여 줄 게 남았습니다."

"흘흘, 다 보여 보거라. 죽기 전에 재롱이라도 떨어 봐야 하지 않겠느냐? 나는 도군처럼 손에 여유를 두는 사람이 아니다."

단리경이 도군을 거론하자 초류향은 피식 웃었다.

"오늘 여러 번 웃게 되는군요. 감사합니다."

도군 임제학이 손에 여유를 두었다고?

지금 단리경은 크나큰 착각을 하고 있었다.

아니, 단리경뿐만이 아니라 세상에 있는 대다수의 무림인들이 저렇게 착각을 하고 있을 것이다.

'보여 줄 것이다.'

초류향이 굳이 위험을 감수하면서까지 이런 함정을 판 것은 다른 게 아니었다.

세상에 그의 실력을 제대로 입증해 보이려 했기 때문이다.

그리고 그 첫 번째 희생자는 눈앞에 있는 단리경이 될 것이다.

초류향은 서서히 주먹을 말아 쥐며 내력을 끌어 올렸다.

*　　　*　　　*

거대한 저택.

밤의 어둠이 무겁게 내려앉은 이 거대한 저택의 지붕 위에 두 명의 남녀가 서 있었다.

"결과를 어떻게 봐요?"

냉하영의 질문에 시엽은 그녀를 향해 고개를 돌리며 입을 열었다.

"소교주가 이길 겁니다."

"역시 그렇겠죠?"

"예."

시엽의 단호한 대답에 냉하영은 손부채를 부치며 작게 투덜거렸다.

"휘유, 수라환경 하나만 해도 버거운데 월인도법까지 익혔으니…… 그야말로 천마신교에서 괴물 하나를 만들었네요."

시엽은 고개를 끄덕였다.

정말 괴물이었다.

그의 나이를 감안했을 때 저 정도의 무력은 정말이지 말도 안 되는 일이었다.

'무력뿐만이 아니지…….'

진법 실력도 엄청나다고 들었다.

저 소교주라는 아이는 참으로 재주가 많은 인간인 것이다.

냉하영은 저 멀리서 벌어지고 있는 사태를 냉정하게 관찰하며 입을 열었다.

"그래도 남만야수문과 북해빙궁의 주력들이 멀리 있었던 게 다행이었네요. 그들까지 왔더라면 소교주는 죽었을 거예요."

시엽은 고개를 끄덕였다.

남만야수문의 실력은 모르겠지만 북해빙궁의 실력은 확실하게 알지 않는가?

'적혈명…….'

그 젊은 고수는 분명 감당하기 어려울 정도의 큰 산이었다.

그자가 바로 이 자리에 있었다면 소교주가 아무리 뛰어나도 죽었을 것이다.

그는 한 번 했던 실수를 되풀이 하지 않을 테니까.

'나도 죽을 뻔했다.'

과거에 냉하영이 적절하게 끼어들지 않았더라면 아마도 시엽은 그와 붙었던 그날 죽었을 것이다.

"소교주가 말했던 황궁이 절대로 개입하지 않을 거라는 이야기……. 이제야 겨우 이해가 되었어요."

냉하영은 그동안 사천에서 머물며 초류향이 말했던 황궁이 개입하지 않을 것이라는 정보의 명확한 출처를 찾기 위해 백방으로 뛰어다녔다.

그리고 겨우겨우 진실에 도착하게 되자 하나의 이름을 알 수 있게 되었다.

"주호유……."

천하제일 산법가.

대장군 척계광의 그늘에 가려 음지에서만 활동하는 그의 존재를 정말 어렵게 알아낼 수 있었던 것이다.

그리고 그와 더불어 주호유와 초류향과의 복잡 미묘한 관계도 알 수 있었다.

'조기천이라.'

별달리 특별한 것도 없는 산법학자였다.

한데 초류향과 주호유라는 당대의 거물들 사이에 연관되자 조기천이라는 이름 역시 엄청난 의미를 갖게 되어 버렸다.

이 한 사람과의 인연 때문에 황궁이 천마신교를 공격하지 않을 것이라 생각하니 냉하영으로서는 기가 막힐 노릇이었던 것이다.

"조기천과 주호유에 대해서 조금 더 알아봐야겠어요."

둘의 관계가 어떠했는지 더욱 정확한 정보가 필요했다.

그래야 저렇게 무서운 속도로 크고 있는 초류향을 제어할 수 있을 테니까.

냉하영은 단리경을 향해 달려드는 초류향을 보며 복잡한 얼굴을 해 보였다.

*　　*　　*

단리경은 스스로의 실력을 숨겨 왔던 것을 단 한 번도 후회해 본 적이 없었다.

처음에는 가문의 안정을 위해서, 나중에는 가문의 번영을 위해 스스로의 실력을 감췄던 것이니까.

화경이라는 절대 경지.

거기에 들어서면 자연스럽게 따라오는 수많은 부와 명예들을 누리지 못했지만 단리경은 만족했다.

그가 희생하고 감수했던 만큼 가문이 발전하고 성장했으니까 참을 수 있었던 것이다.

은퇴를 고려 중인 그에게 이번 일은 정말 마지막 일이었다.

그래서 되도록 마지막은 정면 승부로 끝내고 싶었다.

그런데…… 그것이 실수였다.

콰앙―!

주먹과 주먹이 부딪치고 초류향과 단리경은 서로 뒤로 주르륵 밀려났다.

하지만 그들은 다시 서로를 향해 득달같이 부딪쳐 갔다.

'이건…….'

싸움의 방식은 지극히 단순했다.

둘은 서로를 향해 뻗는 주먹을 피하지도 않고 정직하게 맞부딪쳤다.

콰아아앙―!

너무나 직선적이고 무식한 방법이었지만 둘은 사양하지 않았다.

물러서지도 않았다.

그저 계속해서 서로를 향해 주먹을 내뻗을 뿐이다.

다른 곳은 노리지도 않았다.

자존심 싸움.

가장 원초적인 내력 싸움이었다.

여기서 주먹을 피하거나 다른 방식으로 공격한다면 그 순간 기세에서 밀리게 된다.

그리고 단순히 밀리는 것에서 끝나지 않고 기세 싸움에서 졌으니 순식간에 난타당할 것이 분명했다.

'괴롭군.'

단리경은 얼굴을 찌푸렸다.

주먹을 한 번씩 부딪칠 때마다 내장이 꼬일 정도의 큰 충격을 받고 있었다.

하지만 눈을 들어 정면을 보니 소교주 역시 자신만큼 큰 충격을 받는 기색이 역력했다.

이러니까 포기할 수 없었다.

'괴롭겠지. 이 녀석도.'

노쇠하여 굳어 버린 육체.

그러하기에 단리경 본인도 충분히 괴롭지만, 아직 육체가 완성되지 않은 소교주도 분명 말로 설명하기 어려울 만큼 괴로워하고 있을 게 확실했다.

'네가 제법 표정 관리에 익숙하다만…….'

놈이 어느 정도의 고통을 감내하고 있을지 굳이 상상하지 않아도 머릿속에 떠올랐다.

단리경은 이를 악물고 괴로운 얼굴을 최대한 숨긴 채 주먹을 뻗었다.

초류향 역시 피하지 않고 마주 주먹을 내질렀다.

꽈아아아앙—!

여태까지와는 다른 엄청난 폭음과 함께 둘의 신형이 힘없이 뒤로 나가떨어졌다.

초류향은 바닥에 쓰러졌다가 벌떡 일어나며 다시 단리경에게 달려들었다.

단리경 역시 힘겹게 일어나 초류향에게 뛰어갔다.

주륵—

달리는 도중에 핏물이 입으로 흘러나오자 단리경은 심각하게 고민했다.

왠지 불안했던 것이다.

'이번 한 번만 더 가 본다.'

단전에 힘을 주고 정말 있는 대로 힘을 끌어모았다.

그리고 주먹을 뻗었다.

초류향 역시 마주 뻗어 왔으니 둘은 필연적으로 맞부딪쳤다.

쿠웅—!

'허?'

주먹과 주먹이 맞닿는 순간 단리경은 무언가가 잘못되었다는 것을 느꼈다.

자신의 몸은 힘없이 뒤로 날아갔는데 초류향은 정권을 앞세운 채로 제자리에 미동도 없이 서 있었던 것이다.

단리경이 눈을 부릅뜰 때.

제자리에서 충격을 해소한 초류향이 뒤로 날아가고 있는 자신에게 득달같이 달려드는 것이 보였다.

우득—!

단리경은 이를 악물고 몸을 뒤집어 빠르게 접근하는 초류향을 향해 발을 휘둘렀다.

쾅—!

초류향은 그것을 손바닥을 펴 막으며 씨익 웃었다.

저건 누가 봐도 승리한 자의 미소였다.

그 모습을 본 단리경의 얼굴에 경련이 일어났다.

분노한 것이다.

그리고 스스로를 자책했다.

'처음부터 잘못되었다.'

정상적인 힘 싸움이 아니라 자신의 장기인 변칙적인 공격으로 끌고 갔어야 했다.

괜한 감상에 사로잡혀서 일을 그르친 것이다.

'아직 늦지 않았어.'

그랬다.

아직은 쓰러지지 않았다.

그거면 된 것 아닌가?

단리경이 이를 갈며 필사적으로 내력을 고르려 할 때.

초류향이 번개처럼 덮쳐들었다.

이 어린 꼬마 놈은 그에게 시간을 줄 생각이 없어 보였다.

단리경은 뒤로 물러서며 장풍을 연속해서 뿌렸다.

그러자 엄청난 압박감이 초류향을 찍어 누르며 발걸음을 무겁게 했다.

쩌저적—!

하지만 초류향의 속도는 전혀 줄어들지 않았다.

사방에서 내리누르는 기운을 바닥으로 흘리며 오히려 조금씩 단리경에게 접근했다.

초류향도 눈치챈 것이다.

단리경이 이렇게 임시방편을 동원해 가며 시간을 벌려는 이유를.

거의 지척까지 초류향이 다가오자 단리경은 갑자기 집게손가락 끝을 세워서 빈 허공을 찍었다.

그러자.

픙—!

한 줄기 서늘한 기운이 초류향을 향해 쏘아져 왔다.

여기서 초류향은 잠시 고민했다.

막아야 할지 아니면 피해야 할지 선뜻 판단하기가 어려웠던 것이다.

일단 이 정도까지 거리를 좁힌 것이 아까웠기에 막아 낼 생각을 하며 손바닥을 펴서 앞으로 뻗었으나, 무언가 찝찝한 마음이 들어 막판에 생각을 바꿨다.

쫓아가는 것을 포기하고 옆으로 몸을 날리며 회피한 것이다.

치이이익—!

단리경의 지풍에 어른 하나가 들어갈 만큼 깊은 구멍이 뚫리며 돌바닥이 타들어갔다.

초류향은 그 모습을 보며 자신도 모르게 혀로 입술을 핥았다.

'위험했다.'

저 교활한 자는 일부러 약한 공격을 하며 방심을 유도했던 것이다.

단리경은 이번 공격을 피한 초류향을 바라보며 아쉬운 얼굴을 해 보였다.

'운이 좋은 놈이군.'

장풍이라는 것은 힘을 응축하기에 따라서 그 위력이 천차만별로 달라진다.

초류향이 자신의 장풍을 흘려 내면서 접근할 수 있었던 것은 기운을 응축하지 않았기 때문이었다.

일부러 그렇게 약하게 공격한 것은 마지막 일격.

이것 하나만 노리고 있었던 것인데…….

'어쨌든 잠깐의 시간은 벌었군.'

단리경은 몸을 재빨리 추스르며 초류향을 응시했다.

저 녀석 역시 겉으로는 멀쩡해 보여도 내부는 분명 크게 상했을 것이다.

단지 티를 안 내고 있을 따름이다.

그렇게 생각하자 조금 마음이 편해졌다.

그때 초류향이 그를 노려보다가 천천히 자세를 낮췄다.

당장이라도 뛰어들 듯한 자세.

그 상태로 초류향은 묘하게 웃었다.

'착각하지 마라.'

초류향은 단리경의 생각이 손에 잡힐 듯 뚜렷하게 보였다.

그는 단리경의 예상과는 달리 전혀 내상을 입지 않았다.

월인도법을 운용하고 있었기 때문이다.

수라환경처럼 폭발적인 힘은 없지만 월인도법은 그 무엇보다도 안정적이었다.

'하지만 이제는 끝내야겠지.'

월인도법의 기운은 다시 구석으로 밀어 놓으며 수라환경의 기운을 서서히 끌어 올렸다.

이제 끝을 볼 시간이었으니까.

드드드득—

초류향이 내력을 끌어 올리자 그의 전신에 붉은 핏빛의 기운이 이글거리며 타올랐다.

그 어마어마한 기운에 단리경의 얼굴이 새하얗게 질렸다.

'내상을 전혀 입지 않았던가?'

그럴 리가 없었다.

조금 전처럼 서로 주먹을 뻗어 일격을 교환하는 방법.

즉 누구의 내력이 강한지, 순수한 내력을 겨루게 되면 압도적으로 내공이 차이가 나지 않는 이상 승리한 쪽도 내상을 입을 수밖에 없었다.

'그렇다면 저 기운이 단순한 허세라고?'

단리경의 눈동자가 흔들렸다.

쉽사리 판단하기가 어려웠다.

일단 적어도 확실한 것은 이번 일격이 지금까지와는 비교할 수 없을 정도로 강할 거라는 점이다.

그러니 무슨 수를 써서라도 막아야 했다.

이번 공격만 막아 내면 그다음에는 저놈의 상태에 대해 정확한 판단을 내릴 수 있을 테니까.

단리경은 호흡을 멈추고 오른쪽 주먹에 기운을 잔뜩 몰아넣었다.

그의 소매가 터질 듯이 부풀어 오르고 그렇게 모은 힘을 언제든 뿌려 낼 준비를 했을 무렵.

초류향이 빙긋 웃으며 말했다.

"덕분에 좋은 경험을 했습니다."

"……."

단리경은 대꾸할 수 없었다.

지금 입을 열면 어렵사리 끌어모은 기운이 흩어질 터.

단리경의 상태를 알았기에 초류향은 대답도 듣지 않고 고개를 끄덕이며 말했다.

"이게 마지막입니다."

초류향은 허공을 향해 짧게 주먹을 끊어 쳤다.

예비 동작도 거의 없는 천하에서 가장 강력한 주먹질.

'패력수라권.'

그와 동시에 단리경 역시 주먹에 몰아넣은 기운을 정면으로 뿌렸다.

콰앙—! 퍼걱—!

기운과 기운이 충돌하고 초류향의 기운이 상대방의 것을 압도적으로 찍어 눌렀다.

단리경의 눈이 경악으로 찢어질 듯 부릅떠졌을 때.

초류향이 내뻗은 기운은 거기에서 멈추지 않고 단리경의 명치에 틀어박혔다.

콰드득—!

가슴뼈가 몽땅 으스러지고 단리경이 그대로 뒤로 넘어갔다.

그것으로 끝.

초류향은 단리경의 시신 너머로 보이는 사대 세가의 잔존 세력들을 보며 흐릿하게 웃었다.

그들은 단리경이 죽은 상황에서도 최후의 저항을 할 준비를 하고 있었다.

그들 역시 초류향이 내상을 입었을 것이라 착각하고 있었던 것이다.

"오십시오."

어차피 이곳에서 몽땅 처리해야 했다.

도망가지 않고 덤벼 주면 고마운 노릇이다.

초류향이 자세를 낮추는 순간.

사방에서 암기가 쏟아져 들어왔다.

*　　*　　*

피 웅덩이를 밟고 시체 더미 위에서 초류향은 머리를 흔들었다.

하나 핏물을 전부 털어내진 못했다.

이미 굳어서 딱딱하게 변해 버린 피가 머리칼과 전신에 덕지덕지 붙어 있었던 것이다.

초류향은 넝마처럼 변해 버린 옷자락의 일부를 뜯어내어 안경을 닦아 냈다.

'죽을 뻔했다.'

최후의 순간까지 겁먹지도, 뒤로 도망가지도 않고 우직하게 덤벼들던 사대 세가의 저력을 보며 초류향은 자신도 모르게 고개를 끄덕였다.

까딱했으면 정말 이곳에서 뼈를 묻을 뻔했던 것이다.

'그래도 살아남았다.'

애초에 진법을 사용했다면 승부가 빠르게 났을 것이다.

하나 그러지 않았다.

최초의 순간 진법을 이용해 마라천풍대의 인원들을 그곳에 봉인시킨 것이 전부였다.

안과 밖을 완전히 격리시켜 놓고 순수하게 초류향 혼자서 무공으로만 승부를 봤던 것이다.

그 이유는 간단했다.

도군과의 승부에서 얻은 깨달음.

지척까지 다가왔다가 놓쳐 버렸던 그것을 다시 붙잡기 위해서였다.

삶과 죽음이 오가는 그 찰나의 불꽃.

그 상황을 만들어 내야만 했던 것이다.

때문에 위험을 무릅쓰고 무공만으로 승부를 보려고 했다.

하지만…….

'아쉽게 되었다.'

살아남기 위해 필사적으로 무공을 사용하자 어렴풋이 그때의 깨달음이 다가왔음을 느꼈다.

하나 이번에도 그것은 손에 쥐지 못했다.

그저 도군과의 승부에서 얻은 작은 깨달음을 확실하게 몸에 각인시킨 정도였다.

초류향은 비틀거리며 일어나 구석의 텅 빈 공간으로 향했다.

그리고 바닥의 어떤 부분을 만지다가 힘을 주니 갑자기 정면에서 일단의 사람들이 쏟아져 나왔다.

"소교주님!"

감녕이었다.

그는 걱정스러운 얼굴로 초류향에게 다가왔다가 곧 복잡한 표정으로 입을 열었다.

"어째서 저희에게 진법을 사용하셨습니까? 저희가 그렇게 못 미더우셨습니까?"

초류향은 고개를 저었다.

그리고 차분하게 설명해 주었다.

자신이 혼자서 싸워야 했던 이유를…….

감녕은 입술을 일(一)자로 꾹 다문 상태에서 초류향을 바라보다가 고개를 끄덕였다.

"소교주님을 믿겠습니다. 하나 분명히 말씀드리지만 이번 한 번뿐입니다. 다음에는 절대 이러지 마십시오. 저희는 소교주님의 검과 방패입니다. 결정적인 순간에 곁에서 아무것도 하지 못한다면 저희들은 존재할 필요가 없습니다."

초류향은 고개를 끄덕였다.

생각해 보니 고의는 아니었지만 이것은 이들의 자존심에 상처를 줄 법한 일이었기 때문이다.

"나는 그대들이 필요합니다. 부디 오해하지 마세요."

감녕은 아무 말도 없이 고개를 끄덕였다.

맨 처음 진법이 펼쳐지고 그곳에 갇혔을 때.

순간 상황 파악이 잘 되지 않았다.

그러다 소교주가 자신들을 보호하기 위해 진법을 펼쳐 놓았다는 생각이 들자 미칠 것처럼 괴로웠다.

이렇게 약자 취급을 받느니 차라리 싸우다가 죽는 편이 백번 나았다.

게다가 지금쯤 밖에서 피투성이가 되어 홀로 싸우고 있을 소교주를 생각하니 돌아 버릴 것 같았다.

자신에게 소교주의 생명을 맡겼던 임학겸 대주.

그를 볼 낯이 없었던 것이다.

진법이 풀릴 때까지 감녕은 내부에서 끓어오르는 온갖 감정들과 싸워야만 했다.

심지어 내상까지 입었다.

하나 그런 것을 티 낼 수는 없는 노릇.

감녕은 금창약을 꺼내어 초류향의 눈에 띄는 상처 부위에 발라 주며 말했다.

"조금 더 스스로의 몸을 소중하게 생각해 주십시오. 소교주님이 자신의 몸을 함부로 생각하면 밑에 있는 사람들은 감당하기 어렵습니다."

"……!"

초류향은 지금 이 순간.

감녕의 충고가 크게 다가왔다.

분명 오늘 하루 동안 벌인 자신의 행동은 책임감이 결여된 무모한 행동이었다.

그리고 그 무책임한 행동으로 인해서 하마터면 그를 믿고 따르던 사람들이 크게 다칠 뻔했다.

'이기적이었다.'

스스로의 행동을 가만히 돌이켜보며 초류향은 부끄러워했다.

자신의 어깨에 수없이 많은 사람들의 생명이 달려 있음을 새롭게 자각했던 것이다.

천천히 자리에서 일어나 초류향은 감녕에게 두 손을 모아 읍을 하며 말했다.

"앞으로 절대 이런 일이 없을 것임을 약속합니다, 감녕 부대주. 덕분에 좋은 것을 깨달았습니다. 정말 감사합니다."

감녕은 얼떨결에 마주 읍을 해 보였다.

그는 소교주가 갑자기 이러는 이유를 몰랐기 때문이다.

하나 그러거나 말거나 초류향은 새롭게 찾아온 책임감을 곱씹어 보며 주변을 둘러보았다.

'오늘을 잊지 않겠다.'

무공의 깨달음은 결국 잡지 못했지만 책임감이라는 것을 깨닫게 된 하루였다.

그리고 이것은 앞으로 초류향의 행보에 막대한 영향을 끼치게 되는 깨달음이었다.

第六章

삭풍

우규호.

우 호법은 지금 기분이 좋지 않았다.

아니, 단순히 그냥 좋지 않은 정도가 아니라 대단히 불쾌했다.

소교주님이 위험하다는 소식에 심기가 몹시 언짢았던 것이다.

게다가 문제는 그것뿐만이 아니었다.

'애들이라도 몇 명 데려올 걸 그랬나?'

중원에 나와 본 적이 별로 없었기 때문에 우 호법은 사천 지역의 지리를 잘 몰랐다.

화령이 설명해 주는 대로 이동하긴 했지만, 길눈이 어두운 그는 달리는 와중에 금세 이곳이 어디인지 헷갈리기 시작했다.

그러자 가슴이 답답해져 왔다.

지나가다가 사람이 보일 때마다 물어서 길을 찾고는 했지만, 지금 지나가고 있는 이름 모를 야산에 들어선 뒤로는 그렇게 길을 물어볼 사람조차 보이지 않았다.

'빌어먹을.'

야산을 훌쩍훌쩍 넘어 다니며 이동하던 우 호법은 낮게 이를 갈았다.

어서 빨리 길을 찾아야 했다.

그게 아니라면 최소한 사람이라도 찾아서 길을 물어봐야 했다.

바람 같은 속도로 달려가면서 방향치인 자신을 답답해하던 그의 시선에 무언가가 들어왔다.

'응?'

많은 수의 사람들이 저 멀리 바글바글 모여서 어딘가로 다급하게 이동하고 있지 않은가.

반가운 마음에 그들을 향해 한달음에 다가가던 우 호법의 눈에서 갑자기 불똥이 튀었다.

* * *

정도맹 사천 지부의 후속 부대.

맨 처음 정도맹 사천 지부는 천마신교의 소교주가 나타났다는 엄청난 첩보를 입수하고 부랴부랴 정예들을 긁어모아 출발시켰다.

그러고도 불안했던 그들은 주변 문파들의 도움을 받아 정말 있는 대로 인원들을 모아서 후속 부대를 파견했다.
그들이 이렇게 일을 서두르는 이유는 간단했다.
천마신교가 지금의 사태를 눈치채고 대응하기 전에 최대한 빨리 일을 끝내야 했다.
"속도를 더욱 높여라! 서둘러야 한다!"
정도맹 사천 지부의 지부장 규한석은 직접 후속 부대를 이끌고 그들을 독려했다.
그러다 입술을 깨물었다.
스스로도 조급해하고 있음을 알았다.
하지만 어쩔 수 없었다.
주어진 시간이 얼마 없었기 때문이다.
'포위망을 구축해야 해.'
먼저 보낸 인원들이면 충분히 소교주를 잡아 죽일 수 있을 것이다.
그들은 정예였으니까.
후속 부대는 아무래도 그들에 비해서 실력이 떨어졌다.
그러니 그곳에 도착해서 후속 부대가 할 일은 만에 하나 소교주가 도주를 시도할 경우 도망치지 못하도록 넓게 포위망을 형성하는 것뿐이었다.
그때.
쉬이이익—!
'응?'
뒤쪽 저 멀리 어딘가에서 무언가 빠른 속도로 접근한다 싶었다.

그것은 순식간에 거리를 좁히더니 곧장 폭음과 함께 수십 명의 사람들 중앙에 떨어져 내렸다.

쿠콰콰쾅쾅—!

엄청난 폭음.

터져 나오는 비명 소리.

집채만큼 피어오른 어마어마한 양의 먼지구름을 보며 규한석이 소리쳤다.

"무슨 일이냐!"

먼지구름 사이에서는 계속해서 무언가가 부러지고 터져 나가는 소리가 들려왔다.

간간이 흘러나오는 고통스러운 비명을 들으며 규한석이 얼굴을 찡그릴 때.

"……네 녀석들 지금 어디 가는 중이더냐?"

먼지 구덩이 사이에서 누군가의 살기에 찬 음성이 흘러나왔다.

규한석은 얼굴을 찌푸렸다.

한시가 급한 이때에 어떤 미친놈이 끼어든 것일까?

게다가 이 많은 인원들 사이에 혼자 난입하다니.

제정신이 아닌 모양이었다.

"이런 미친놈. 네놈은 누구냐? 감히 우리가 누구인 줄 알고!"

"뻔하지 않느냐? 정도맹의 개들이겠지."

"마교의 잡졸이냐?"

"뭐? 마교? 잡졸?"

상대방의 어투에서 강한 분노가 느껴졌다.

동시에 먼지구름이 서서히 걷히면서 그 사이로 보이는 장대한 그림자.

'누구지?'

규한석이 눈을 가늘게 뜨고 상대방을 바라보다가 곧장 입을 떠억 하고 크게 벌렸다.

"너, 너는! 벽력마군(霹靂魔君) 우규호!"

비명처럼 터져 나오는 이름을 들은 모두의 얼굴에 공포가 떠올랐다.

화경의 고수.

그것도 현재 최강이라 불리는 구주십오객의 한 명이 아닌가!

'천마신교가 벌써 움직였단 말인가? 이렇게 빨리?'

우규호는 자신을 바라보는 정도맹의 인원들을 물끄러미 살펴보다 입꼬리를 실룩거렸다.

많은 인원.

하나 모두가 어중이떠중이들로 이루어진 오합지졸에 불과했다.

"네놈들이 감히……."

'소교주님을……' 이라는 뒷말은 속으로 집어삼키며 우규호는 이를 갈았다.

쿠웅—!

우규호는 한쪽 발로 바닥을 내려찍으며 기운을 끌어 올렸다.

피가 거꾸로 솟는 느낌.

분노가 전신을 지배했다.

화가 머리끝까지 치솟았다.

그리고 지금은 그것을 참을 필요가 없었다.

"다 죽여 주마."

성난 호랑이가 겁을 집어먹은 양 떼를 덮쳐 가기 시작했다.

*　　*　　*

우규호가 그토록 찾아 헤매던 초류향과 만날 수 있었던 것은 한참이 지나 천마신교 사천 지부에 돌아온 뒤였다.

길이 엇갈리는 바람에 초류향이 도착하고 나서도 상당한 시간이 흘러서야 사천 지부에 당도했기 때문이다.

"소교주님!"

콰앙—!

거칠게 문을 밀어내며 들어오는 거대한 체구의 노인.

그를 바라본 의원이 낮게 혀를 차며 입을 열었다.

"시끄럽다, 이놈아."

우규호는 자신을 질책 어린 시선으로 바라보는 선우조덕을 보며 다급하게 입을 열었다.

"소교주님은? 무사하신가?"

"무사하시다. 방금 막 잠이 드셨는데 네놈 때문에 깨셨지."

우규호는 피곤한 눈으로 자신을 바라보는 초류향을 바라보며 당황한 얼굴을 해 보였다.

"괘, 괜찮으십니까, 소교주님? 접니다. 우 호법입니다."

우 호법을 물끄러미 바라보던 초류향은 고개를 갸웃거리며 입을 열었다.

"전 괜찮습니다. 오히려 우 호법님이 걱정이군요. 괜찮으십니까?"

우 호법이야말로 전신에 피 칠갑을 한 채 죽을상을 하고 있지 않은가?

대체 무슨 일이 있었던 걸까?

초류향이 의문스러워할 때.

곁에 있던 선우조덕이 나섰다.

"이 덩치 큰 놈은 신경 쓰실 필요 없습니다. 이놈은 제가 데리고 나가 살펴보겠으니 소교주님은 편하게 쉬십시오."

"알겠습니다."

선우조덕이 살펴본다면 걱정할 필요가 없을 것이다.

초류향을 안심하고 다시 눈을 감을 때.

선우조덕은 우 호법을 바깥으로 끌고 나왔다.

어느 정도 거리가 떨어지자 그때까지 초조한 기색으로 안절부절못하고 있던 우 호법이 작게 소곤거렸다.

"약쟁아, 소교주님은 정말 괜찮으신 거냐? 네가 살펴보았을 때 어디 편찮으신 곳은 안 계시고?"

"그래, 멀쩡하시다. 지금은 그냥 너무 무리해서 쉬고 계신 것뿐이시지."

"그래? 그것참 다행이구만."

우 호법이 크게 안도의 표정을 지으며 허허 웃을 때.

선우조덕은 이 덩치만 큰 철부지 노인을 바라보곤 속으로 한숨을 내쉬었다.

"이놈아, 좀 적당히 하고 다녀라. 이제 네놈도 나이가 있지 않느냐?"

"내가 뭘?"

이놈이 설치고 다니는 덕분에 하마터면 소교주님을 위한 교주님의 배려가 모두 물거품이 될 뻔했다.

사대 세가의 그림자들을 일망타진하려는 작전.

다행히 작전은 성공적으로 끝난 것 같았지만 이놈이 조금만 더 일찍 움직였다면 하마터면 모든 것이 망가질 뻔하지 않았던가?

조심성 많은 사대 세가의 그림자 놈들은 우규호가 움직였다는 소식을 들었다면 절대로 모습을 드러내지 않았을 것이다.

그 생각만 하면 지금도 아찔했다.

"……아니다, 됐다. 말을 말자."

"뭔데 그래?"

"나중에 주상산한테 가서 물어봐라."

"뭐 대단한 비밀이라고 그렇게 숨기는 거냐, 약쟁아?"

우 호법이 떨떠름한 얼굴을 해 보이든 말든, 선우조덕은 고개를 절레절레 저으며 걸어 나갔다.

상태를 보아하니 저놈은 멀쩡했다.

굳이 자신이 돌봐줄 필요가 없었던 것이다.

“씻고 교주님께 가 보거라. 찾으시더라.”

“나를?”

왜 갑자기?

우 호법은 잠시 고민하다가 곧 눈을 반짝이며 생각했다.

생각해 보나 마나 이유는 단 하나밖에 없지 않은가?

‘허헛, 소교주님을 구하러 간 것을 칭찬이라도 해 주시려고 하시나?’

자기는 당연한 일을 했을 뿐인데.

칭찬이라니?

우 호법은 헤벌쭉 웃으며 자신의 숙소로 돌아가 깨끗하게 몸을 씻었다.

그리고 새 옷으로 갈아입고 발걸음도 가볍게 교주님을 만나러 취의청에 찾아갔다.

“우 호법이 교주님을 뵙니다.”

교주 공손천기.

그는 멀끔한 모습으로 자신을 찾아온 우 호법을 잠시 아래위로 훑어보더니 슬쩍 웃으며 입을 열었다.

“상처 하나 없이 건강해 보이는구만, 우 호법. 정도맹 놈들과 부딪쳤다고 들었는데.”

“히헛, 그깟 정파의 잡졸들을 상대하는데 작은 생채기라도 나서야 되겠습니까?"

"호오?"

"소교주님의 안위를 위한 일이라 물불 가리지 않고 놈들을 박살 내놓고 왔습니다. 푸허허헛."

"호오오? 과연 그렇구만?"

공손천기는 들떠서 신나게 말하는 우 호법을 가만히 바라보다가 귀엽다는 표정으로 피식 웃으며 입을 열었다.

"클클, 피가 뜨거운 노인네만큼 부담스러운 것도 없구만."

"예?"

툭—

공손천기는 우 호법의 앞에 무언가를 던져 주며 말했다.

"주 호법과 나는 잠시 외출을 다녀올 테니 자네는 집이나 지키도록 해. 거기에 적혀 있는 애들 모아다가 따로 훈련이나 시켜 놓고."

우 호법은 고개를 갸웃거렸다.

교주님의 표정이 심상치 않았다.

항상 못된 장난을 치려 할 때 저런 표정을 짓곤 하지 않았던가?

무언가 좋지 않은 느낌이 강하게 들었다.

"컷, 흠흠. 실례지만 교주님께서 주상산, 그 약아빠진 놈이랑 어디에 가시려는 건지 알 수 있겠습니까?"

공손천기는 입가에 가느다란 미소를 그리며 말했다.

"사천당가."

사천당가?

거길 왜?

거긴 정도맹 소속의 문파인데?

잠시 이해가 되지 않았던 우 호법의 동공이 크게 확장되었다.

"크헛? 지금 어디라고 하셨습니까, 교주님? 사천당가라 하셨습니까?"

"응. 사천당가라고 했는데?"

"그곳은 어찌 갑자기……."

공손천기는 우 호법을 바라보며 장난스럽게 씨익 웃었다.

"나와 주 호법이 거기에 간다면 목적은 뻔한 거 아니겠어? 이미 알고 있잖아?"

"서, 설마……."

"사천 지역을 먹을 거다. 그 시작은 사천당가가 되겠지."

우 호법의 동공이 크게 흔들렸다.

그리고 이해할 수 없다는 얼굴을 해 보였다.

"한데 이렇게 중요한 일에서 어찌 저를 두고 가시는 것입니까?"

공손천기는 우 호법의 곁으로 다가와 그의 어깨를 툭 하고 치며 말했다.

"우리 우 호법님께서는 밖에 나가서 고생하고 오셨으니 한동안 푹 쉬셔야지."

"그, 그런……."

여긴 칭찬을 하려고 부른 자리가 아니었던가?

사천당가를 쓸어버리러 가는 영광스럽고도 흥분되는 일에서 왜 자신을 배제한 것일까?

'이건 징계가 아닌가?'

어째서?

우 호법이 혼란스러운 얼굴을 할 때.

공손천기가 그를 스쳐 지나가며 말했다.

"푹 쉬고 있으라고. 금세 다녀오도록 하지."

우 호법이 이유를 알 수 없어서 혼란스러운 얼굴로 뒤를 돌아보자 입구 쪽에는 이미 나갈 준비를 마친 주 호법이 서 있었다.

주 호법은 잠시 우 호법을 바라보다 혀를 낮게 찬 후 입을 열었다.

"가시면 되겠습니다, 교주님."

"그래. 오랜만의 외출이로군. 길은 알고 있나?"

"예. 제가 안내하겠습니다."

쉬이이익—

주상산이 먼저 몸을 날리자 공손천기가 웃으며 뒤따랐다.

이것이 차후 무림사에 길게 남을 공손천기가 일으킨 파괴의 바람.

사천 지역의 모든 문파들을 단독으로 완벽하게 부숴 버린 신마(神魔)의 삭풍(朔風).

그 신화의 첫 시작이었다.

*　　*　　*

강호에서의 소문은 바람처럼 빠르다.

이번에 초류향이 보였던 어마어마한 신위는 곧장 바람을 타고 소문이 났고, 그것은 초류향이 예상했던 것보다 더 큰 반향을 불러왔다.

'수라마군이라…….'

강호에서 초류향에게 새롭게 붙여 준 별호다.

초류향은 침상에 누워 있다가 갑자기 툴툴 웃었다.

고개를 옆으로 돌리자 그의 옆으로 운휘와 노진녕이 침상에 누워 있는 것이 보였다.

초류향도 그렇지만 운휘와 노진녕 역시 부상 때문에 거동이 불편했다.

본래 셋 다 따로따로 치료를 받고 있었지만 오늘은 초류향이 말해서 이렇게 한자리에 모이게 된 것이다.

"어쩌다 보니 저희 셋 다 아주 만신창이가 되었습니다."

"……."

특히 노진녕은 상태가 심각했다.

처음에는 목숨이 오락가락할 정도로 위험했다.

열흘이 지난 오늘에야 겨우겨우 안정기에 들어섰던 것이다.

그래도 아직까지 정신을 차리지 못하고 있었다.

약제당주인 선우조덕이 여기에 없었으면 이마저도 불가능할 뻔했으니까.

노진녕을 치료하며 치료하는 보람이 없다고 선우조덕이 작게 투덜거리는 것을 들은 초류향은 쓴웃음을 삼켜야만 했다.

그때 갑자기 침상에서 상체를 일으킨 운휘가 초류향을 고요한 시선으로 바라보았다.

"이번 일은 너무 무모하셨습니다. 주군."

초류향도 선선히 고개를 끄덕였다.

인정했다.

너무 무모했다.

다행히 일이 성공했으니 망정이지 조금만 삐끗했으면 그대로 천 길 낭떠러지로 굴러 내려갈 뻔하지 않았던가?

'한데 그럴 수밖에 없기도 했다.'

더 이상 내부의 일에 발목 잡혀서 시간을 끌 수는 없었다.

이번 일은 무모했지만 그만큼 보상은 컸다.

초류향이 짐작하기에 사대 세가의 암살자들은 이번에 모두 몰살당했을 확률이 높았다.

'당분간은 조용하겠지.'

앞으로 한동안은 잠잠할 것이다.

그것이면 되었다.

초류향이 그렇게 생각하고 있을 때.

문이 열리고 사람이 들어왔다.

쟁반에 탕약을 들고 화령이 들어왔던 것이다.

"약 드실 시간입니다. 주군."

초류향은 고개를 끄덕였다.

그리고 화령이 건네주는 약을 스스럼없이 받아 마셨다.

그 모습을 보며 운휘는 복잡한 얼굴을 해 보였다.

무어라 말할까 싶었지만 관두었다.

아직도 운휘는 화령을 믿지 않고 있었기 때문이다.

탕약을 조금씩 나눠 마시며 초류향은 얼굴을 찌푸린 채 말했다.

"매번 생각하는 거지만 약이 너무 씁니다."

"몸에 좋은 약이니 그렇습니다."

"양도 너무 많아요."

"그만큼 빨리 건강해지실 겁니다."

화령의 고지식한 대답에 초류향은 자신도 모르게 쓰게 웃어 버렸다.

예상했던 대답이 흘러나왔지만 딱히 반박할 말을 찾지 못했던 것이다.

초류향이 탕약을 다 마시고 화령에게 빈 그릇을 건네자, 그녀는 그릇을 공손하게 받아 옆으로 치운 후 초류향을 똑바로 보며 말했다.

"지금 시작해도 되겠습니까?"

초류향은 고개를 끄덕인 뒤 엎드려 누웠다.

그러자 그녀가 초류향의 위로 올라가 양손가락 끝에 기운을 모은 후 말했다.

"시작하겠습니다."

화령은 초류향의 전신을 안마하기 시작했다.

하나 이것은 평범한 안마가 아니었다.

화령이 스스로의 기운을 조금씩 뽑아내서 초류향의 내부와 외부를 동시에 치료하고 있었던 것이다.

흔히 추궁과혈이라고 불리는 상승의 치료법이었다.

운휘는 그런 화령의 모습을 다시금 복잡 미묘한 시선으로 바라보았다.

'어디까지 믿을 수 있을까?'

불과 얼마 전까지만 해도 초류향을 죽이기 위해 스스로의 목숨을 걸었던 자객이 화령이다.

그런 위험한 계집을 거둔 것도 사실 이해할 수가 없는데 지금 초류향은 완전히 그녀에게 자신의 목숨을 내맡기고 있지 않은가?

지금 저 상태라면 화령이 마음먹기에 따라서 얼마든지 초류향의 목숨을 위태롭게 만들 수 있었다.

운휘는 눈을 감았다.

마음이 번잡해져 왔다.

초류향은 저 여자를 믿는다지만 운휘는 아니었기 때문이다.

"다 되었습니다."

거의 반 시진(한 시간) 가까이 안마를 하던 화령이 일어서며 말하자 초류향은 고개를 끄덕였다.

화령의 이마는 식은땀으로 번들거렸다.

힘든 것이다.

장시간 내력을 세밀하게 뿜어내서 추궁과혈을 하는 것은 절정 고수인 그녀에게도 무척이나 힘이 드는 일이었다.

그것을 알았기에 초류향은 그녀를 물끄러미 바라보다 말했다.

"매번 감사합니다. 덕분에 상태가 많이 좋아졌습니다, 화령 님."

초류향이 그녀의 이름을 부르며 감사해하지 화령의 동공이 크게 흔들렸다.

"……당연히 제가 할 일입니다."

그녀는 자신의 이름을 불러 주는 초류향이라는 존재가 새삼 신기했다.

이 어린 주인은 언제나 자신을 소모품으로만 여기던 과거의 주인들과 너무나도 달랐기 때문이다.

초류향은 그것을 아는지 모르는지 천진하게 웃으며 말했다.

"당연하게 생각해 주셔서 고맙습니다. 하루 바삐 몸을 회복하도록 하겠습니다."

화령은 표정 관리를 하며 초류향의 침상 옆에 공손하게 서 있다가 이윽고 쟁반을 집어 들며 말했다.

"가져다 놓고 오겠습니다."

"예."

초류향은 화령이 나가고 얼마 지나자 운휘에게 고개를 돌리며 물었다.

"아직도 그녀가 의심스러우신 겁니까?"

"……그렇습니다."

운휘는 솔직하게 대답했다.

아직도 그녀를 믿을 수 없었기 때문이다.

본래 암살자로 키워졌던 운휘였기에 그쪽 계통의 사람들에 대해서도 잘 알았다.

경우에 따라서 얼마든지 칼을 뽑아 들 수 있었던 것이다.

"화령 님이 위기에 빠진 저를 살리기 위해 백방으로 노력했던 사실을 알고 계십니까?"

"……."

이건 운휘로서는 처음 듣는 이야기였다.

그랬기에 의아한 얼굴을 하자 초류향이 희미하게 웃으며 입을 열었다.

"저도 이번에 알게 되었습니다."

초류향은 화령이 사방팔방으로 뛰어다니며 애를 쓴 덕분에 우 호법이 움직였고, 그런 우 호법 손에 정파의 후속 부대가 전멸했다는 이야기를 운휘에게 들려주었다.

"어제야 겨우 일을 수습하시고 저를 찾아온 우 호법님에게 직접 들은 이야기니 믿을 수 있겠지요."

"……."

"그녀를 의심하지 않으셔도 됩니다."

운휘는 입을 열어 무어라 말할까 하다가 결국 말하지 못했다.

'한 번 누군가의 도구로 사용되어진 사람을 믿는다는 것은 굉장히 힘든 일입니다.'

속으로만 생각하며 운휘는 눈을 감았다.

초류향이 이토록 그녀를 믿는다면 그 역시 믿어야 했다.

그래야 그의 주인이 불편해하지 않을 테니까.

이윽고 운휘는 감았던 눈을 뜨며 말했다.

"믿겠습니다."

초류향은 환하게 웃으며 대답했다.

"감사합니다."

잠시 후 화령이 돌아왔다.

한데 다시 돌아온 그녀는 혼자가 아니었다.

"몸은 좀 어떠하냐?"

교주 공손천기.

그가 함께 돌아온 것이다.

초류향은 잠시 눈을 깜빡거리다가 입을 열었다.

"몸은 괜찮습니다. 한데 스승님께서는 분명 사천당가에 가셨다고 들었는데…… 아니었습니까?"

"다녀왔지."

너무도 태연한 대답.

우 호법이 자신을 버려 두고 혼자만 재미 보러 가셨다고 얼마나 하소연했던가?

그게 불과 어제의 일인데 이렇게 불쑥 찾아오니 초류향은 기분이 조금 이상했다.

"의아하게 생각할 것 없다. 끝내고 돌아온 거니까."

공손천기는 아무렇지도 않게 말하며 히죽 웃었다.

끝냈다?

사천당가를?

초류향이 멍한 얼굴을 해 보일 때.

공손천기가 확답을 해 주었다.

"사천당가는 멸문했다. 내가 그리 만들었지."

"……."

무림에 대해 잘 몰랐던 과거에도 사천당가라는 이름은 초류향도 알고 있을 정도였다.

그만큼 거대한 가문이었고, 이름난 문파인 것이다.

그런데 그런 곳을 멸문시켰다?

실감이 나질 않았다.

그때 공손천기가 웃으며 말했다.

"밖에 나가 보니 네 이름이 아주 유명해졌더구나. 아수라의 환생이라고 하던데 제법 그럴싸했다."

"……."

"덕분에 일을 크게 벌여야 되겠더구나. 세상의 이목이 너무 너에게 집중되어 있어."

이건 또 무슨 말일까?

초류향이 고개를 갸웃거리자 공손천기가 불쑥 말했다.

"제자야."

"예, 스승님."

"너는 나를 믿느냐?"

이게 무슨 당연한 소리인가?

조금 전에 자신이 화령에게 약이 쓰다고 투정부렸던 것과 같은 질문인 것이다.

대답은 이미 정해져 있었다.

"예. 믿습니다."

"내가 무엇을 하든 너는 나를 믿겠느냐?"

"물론입니다."

공손천기는 초류향을 한동안 물끄러미 바라보았다.

흔들림이 없다.

초류향은 단 한 점의 의심도 없는 무한한 신뢰를 그에게 보내고 있었다.

"후우."

공손천기의 입에서 깊은 한숨이 흘러 나왔다. 초류향의 흔들림 없는 눈빛에 한순간 마음이 울렁거려 왔다.

"오늘따라 이상하십니다. 무슨 걱정거리라도 있으십니까?"

그 울렁임이 전해진 것일까?

마주하고 있던 초류향의 눈가에 진지함이 떠올랐다.

"걱정거리라. 차라리 그랬더라면 편했을 것이다."

공손천기가 나지막이 중얼거렸다. 중얼거리는 얼굴에 씁쓸한 웃음이 따라붙었다.

"오늘따라 이상하십니다."

초류향의 목소리가 떨렸다. 말에서 걱정이 묻어났다.

처음으로 스승님답지 않은 웃음을 보았기 때문이다.

'대체 왜…….'

마음이 불안해졌다.

가슴속에서 알 수 없는 불안감이 조금씩 고개를 들고 있었다.

그때 공손천기가 말했다.

"제자야, 얼마 전에 내가 내줬던 숙제를 기억하느냐?"

"예? 아, 예. 기억합니다."

"그 해답은 가져왔느냐?"

초류향은 고개를 끄덕이며 말했다.

"스승님께서 저에게 웃으라고 하신 이유는 여유를 가지고 모든 일을 대하라는 뜻이 아니었습니까?"

"정확하다. 아주 정확하게 정답을 찾아왔구나. 그래, 그것이 내가 원했던 말, 원했던 답이지."

공손천기가 웃자 초류향 역시 희미하게 따라 웃으며 말했다.

"별로 어려운 숙제는 아니었으니까요."

"그러하더냐?"

"예."

"그렇다면 이제 진짜 숙제를 내주겠다."

진짜 숙제?

이번에는 뭘까?

공손천기는 천천히 초류향의 머리 위에 손을 올렸다.

그리고 머리를 헝클며 작게 웃었다.

"너의 성장을 다 지켜보지 못하고 가게 되어 무척이나 아쉽게 되었다."

"……?"

초류향은 오늘따라 이상하게 스승님의 손이 작게 느껴졌다.

"그게 갑자기 무슨 말씀이세요?"

공손천기는 대답하지 않고 그저 알 수 없는 미소를 입가에 그리며 초류향을 바라보았다.

"제자야."

"예, 스승님."

"내가 이 숙제를 내주면 너는 나를 원망할 수도 있다. 아니, 원망할 게다."

"……."

"날 얼마든지 원망해도 좋으니까 끝까지 포기하지 않았으면 좋겠구나."

초류향은 진지한 얼굴로 시선을 올려 그의 스승을 바라보았다.

오늘따라 그의 스승님은 굉장히 이상했다.

그답지 않은 것은 둘째치고라도 마음 한편에서 알 수 없는 먹먹함이 밀려 올라오고 있었다.

왜일까?

초류향은 잠시 고민하다가 곧 그 이유를 알아챘다.

'괴로워하고 계신다.'

스승님께서는 지금 괴로워하고 계셨다.

그 이유까지는 알 수 없었지만 스승인 공손천기는 무언가 굉장히 견디기 힘든 표정을 하고 있었다.

이건 초류향이 알고 있는, 아니 기억하고 있는 공손천기의 모습이 아니었다.

대체 무엇이 그를 이렇게 힘들게 만든 것일까?

늘 자신감 넘치고 여유가 넘치던 스승님이 아니던가?

초류향은 자신의 머리 위에 놓여 있는 스승님의 손을 가볍게 감싸쥐며 말했다.

"저는 어떠한 일이 있더라도 스승님을 원망하지 않습니다. 그러니 염려 마세요. 다 잘될 거예요."

토닥토닥—

초류향은 공손천기의 손을 가볍게 두드리며 씨익 웃어 보였다.

그런 제자를 공손천기는 잠시 멍청하게 응시했다.

그러다가 곧 평소의 장난스러운 얼굴을 해 보이며 히죽 웃었다.

"그래. 다 잘될 게다, 제자야. 그러니 견디거라. 이게 너에게 내리는 내 마지막 숙제다."

우우우웅—

주변의 대기가 미칠 듯이 요동쳤다.

옆에서 가만히 지켜보고 있던 운휘와 화령은 둘의 대화에서 느껴지는 심상치 않은 기색을 본능적으로 느끼고 벌떡 일어나 뒤로 물러섰다.

초류향은 정수리부터 타고 들어오는 화끈한 고통에 얼굴을 찡그렸지만 곧 이를 악물고 버텼다.

스승님을 믿었다.

그가 아무런 이유도 없이 자신에게 해를 끼치지 않을 것이라는 확신이 있었다.

'스승님께서는 견디라고 하셨다.'

초류향은 전신이 덜덜 떨릴 정도로 버텨 보았지만, 고통은 전혀 줄어들지 않고 오히려 점차 심해졌다.

초류향의 맑았던 동공이 서서히 풀리고 마침내 머릿속이 하얗게 텅 비었을 때.

그제야 고통은 끝이 났다.

공손천기는 멍한 시선으로 자신을 바라보는 제자를 보다가 그 작은 신체를 가볍게 안으며 말했다.

"깨어나면 모든 것이 변해 있을 게다, 제자야."

"교주님. 이게 대체……."

운휘가 심각한 얼굴로 입을 열려고 할 때.

갑자기 멍하게 굳어 있던 초류향의 몸뚱이가 펄떡거리며 들썩였다.

그러더니 잠시 후 고개를 들어 올린 초류향의 눈가에서 보랏빛 광채가 일렁거렸다.

"……네놈, 이게 대체 무슨 짓이더냐?"

"……!"

운휘와 화령이 갑작스럽게 불손한 태도를 보이는 초류향을 놀란 눈으로 바라볼 때.

공손천기가 초류향의 몸을 놓아 주며 짐짓 아무렇지도 않게 말했다.

"영감이로군. 오랜만이야."

"네놈은 지금 태평하게 인사가 나오더냐? 이게 대체 무슨 짓이냐고 묻지 않느냐!"

"진정하고 나를 자세히 봐. 다른 놈들은 모르겠지만 영감이라면 보이겠지."

"……?"

초류향, 아니 제갈량은 공손천기의 말에 얼굴을 찡그린 채 그를 응시했다.

한동안 공손천기를 바라보던 제갈량의 눈가가 천천히 일그러졌다. 그러나 그는 곧 표정을 수습하더니 침착한 태도로 입을 열었다.

"언제부터 몸뚱이가 망가져 가고 있었느냐?"

공손천기는 곧장 대답하지 않고 침상 옆에 있던 의자에 털썩 앉으며 피곤한 어투로 입을 열었다.

"얼마 안 됐어."

"그래서 이 녀석을 봉인해 버린 거냐? 시간이 없어서?"

"그래. 겸사겸사 내 마지막 깨달음을 조금 나누어 주었지."

제갈량은 복잡한 얼굴로 그를 바라보았다.

그리고 말했다.

"인정하마. 네놈은 내가 보았던 녀석 중에서 가장 미친 녀석이다."

공손천기는 툴툴 웃었다.

하나 웃어 보아도 괴로운 표정은 숨길 수가 없었다.

"영감, 이건 제법 해 볼 만한 도박이야. 내 제자는 대단한 놈이니까 이 정도의 위기쯤은 극복하겠지. 게다가 곁에는 영감도 있잖아?"

"미친놈."

공손천기는 제갈량이 욕을 해도 웃었다.

지금은 웃어야 했다.

그가 초류향에게 가르치지 않았던가?

모든 일에 여유를 가져야 한다고.

"그래도 다행이야. 영감이 이 아이 곁에 있어서. 한결 마음이 편안해지는구만."

공손천기는 시선을 돌려 공황 상태에 빠져 있는 운휘와 화령을 바라보며 말했다.

"한 달이라는 시간을 벌어 주마. 사천 지역을 다 정리하는 데 아마 그 정도가 걸리겠지. 너희는 그 안에 최대한 몸을 회복하고 조용하게 이 아이를 데리고 도망쳐라. 그 뒤의 일은 나도 장담할 수가 없으니까."

"……."

운휘의 얼굴이 일그러졌다.

무슨 이야기가 어떻게 진행되고 있는지 전혀 감이 오질 않았다.

하지만 한 가지 확실한 점은 앞으로 쉽지 않은 일이 벌어질 것이라는 사실이다.

"이 아이가 깨어나면……."

공손천기는 초류향을 물끄러미 바라보다가 피식 웃으며 입을 열었다.

"힘든 건 짐작이 되는데 내 욕은 너무 많이 안 했으면 좋겠다고 전해 주거라. 지켜보고 있을 거거든."

"……."

"그럼 가 보마."

공손천기는 그 말을 마지막으로 방을 빠져나갔다.

그게 마지막이었다.

이 날 후로 운휘는 공손천기를 볼 수가 없었다.

第七章

시간이 흐른 뒤

절세신마(絕世神魔) 공손천기.

사천 지역을 단신으로 휩쓴 그를 사람들은 그렇게 불렀다.

불과 한 달.

한 달 만에 혼자서 사천지역 전체를 천마신교의 영역으로 흡수한 그는 돌연 천마신교의 봉문(封門, 외부 활동을 하지 않고 문을 걸어 잠금)을 선언한다.

그리고 무려 오 년.

오 년 동안 천마신교는 침묵했다.

*　　*　　*

"아우, 추워."

산자락 끝에 있는 오두막에서 수염이 덥수룩한 중년 사내가 조심스럽게 문을 열고 나섰다.

겨울이 끝나기 전이라 그럴까?

아직도 바깥에 나오면 머리가 띵해질 만큼 냉기가 몰려왔다.

"에이, 귀찮아. 에이!"

수염이 덥수룩한 사내는 발목까지 쌓여 있는 눈길을 헤치며 걸어가기 시작했다.

그러다 자신이 나온 오두막과 똑같은 모양의 집 앞에 서서 문을 세차게 두들겼다.

쾅쾅쾅—!

"어이, 일어나! 일 나갈 시간이야!"

문 안쪽에서 무언가 부스럭거리는 소리가 들리더니 이윽고 문이 열리고 누군가가 걸어 나왔다.

뽀얀 피부에 눈빛이 맑은 앳되어 보이는 미청년.

중년 사내는 청년을 보다가 낮게 혀를 차며 본인이 입고 있던 털가죽 옷을 벗어서 내밀었다.

"이봐, 날씨가 추운데 또 이렇게 입고 잤어? 아무리 젊어도 그렇지 그러다 감기 걸려. 일단 이거라도 입어."

"……."

청년은 중년 사내가 주는 허름한 가죽옷을 받아서 넙죽 입으며 헤실헤실 웃었다.

티 없이 맑은 천진난만한 웃음.

중년 사내는 그 웃음을 마주하다가 고개를 돌리며 중얼거렸다.

"쩝. 바보는 감기도 안 걸리는 건가? 에잉, 춥다."

중년 사내는 두 팔로 스스로의 어깨를 문지르며 앞서서 걸어갔다.

청년은 그런 중년 사내 뒤를 졸졸 따라가기 시작했다.

얼마나 걸었을까?

마침내 산 중턱쯤에 이르자 중년 사내는 그곳에 놓여 있는 작은 상자를 열며 말했다.

"오늘은 어제보다 더 많이 장작을 해 가야 돼. 허 대인께서 오늘 따님의 생일이라고 손님들이 많이 오신다고 했으니까. 무슨 말인지 알지?"

끄덕끄덕.

청년은 고개를 끄덕이며 중년 사내가 주는 도끼를 건네받았다.

"일은 잘하니까 걱정 안 되는데…… 그래도 항상 조심해. 주변에 맹수들이 갑자기 나타날지도 모르니까. 위험하다 싶으면 바로 내가 있는 곳으로 도망쳐 와야 해. 알겠지?"

끄덕끄덕.

"근데 너 정말 내가 하는 말이 무슨 말인지 알아듣고 고개를 끄덕이는 거야?"

끄덕끄덕.

청년이 눈을 똑바로 마주 보고 고개를 끄덕이자 중년 사내는 뒷머리를 긁적이며 투덜거렸다.

"에라, 모르겠다. 일이나 하자. 너는 저쪽 가서 장작을 패. 나는 이쪽으로 갈 테니까. 무슨 일이 있으면 바로 뛰어오고."

끄덕끄덕.

청년은 중년 사내가 손가락으로 가리킨 부근으로 천천히 걸어갔다.

그리고 주변을 두리번거리다가 적당한 나무가 보이자 장작을 패기 시작했다.

콰각—

가볍게 도끼를 들어서 나무의 밑동을 슬쩍 치자 도끼날이 마치 두부에 박히는 것처럼 깊숙하게 틀어박혔다.

그렇게 대여섯 번 도끼를 휘두르니 어른 서넛이 두 팔을 벌려 감싸도 될 만큼 굵직한 나무가 옆으로 쓰러지기 시작했다.

콰직— 콰지지직—!

멀리서 장작을 패고 있던 중년 사내는 혀를 내두르며 중얼거렸다.

"일하는 거 보면 정말 말귀를 알아듣는 것 같긴 한데…… 어쩌다가 저 지경이 된 거지?"

맨 처음.

중년 사내는 청년을 처음 발견했을 때를 떠올려보았다.

*　　*　　*

일 년 전 어느 날.

평소와 다름없이 나무를 하기 위해 산에 올라갔던 중년 사내는 산

밑의 계곡에 누군가가 쓰러져 있는 것을 발견하고 깜짝 놀라서 내려가 보았다.

그곳은 워낙에 인적이 없고 사람의 발길이 닿지 않는 곳이라 내려가는 데만 해도 상당한 시간이 걸렸지만, 그래도 중년 사내는 신중하고 조심스럽게 바닥으로 내려갔다.

그리고 쓰러져 있는 사람에게 가까이 다가가 그를 관찰했다.

긴 머리에 뽀얀 피부.

여기저기 해져 있지만 고급 옷감으로 만들어진 것이 분명한 무복.

그리고 특이하게도 눈에는 반짝거리는 요상한 물건을 끼고 있었다.

청년의 생사를 확인하기 위해 코끝에 손가락을 대 본 사내는 크게 안도했다.

'숨을 쉬고 있다.'

놀랍게도 이 청년은 살아 있었던 것이다.

허둥지둥 청년을 들쳐 매고 힘들게 자신의 오두막으로 데려와 며칠을 보살폈다.

다행히 하늘이 도왔는지 죽을 둥 말 둥 하던 녀석이 겨우겨우 정신을 차리지 않았던가?

그런데…….

'하자가 생겼지.'

사람 하나 살렸다는 감격도 잠시.

청년은 아무것도 모르는 백치 상태였다.

말도 하지 못했고, 자신이 누군지도 기억하지 못했다.

높은 곳에서 떨어지면 그렇게 되는 경우가 종종 있다더니 딱 그 짝인 모양이었다.

그래도 불행 중 다행이라면 청년은 사람 말귀를 '어느 정도'는 알아먹는 것 같았다.

시키면 시키는 대로 일도 곧잘 했고, 비실비실하게 생긴 것과는 다르게 힘도 좋았다.

그래서 데리고 있으면서 보살펴 줄 수 있었던 것이다.

청년은 항상 밥값을 했으니까.

아니, 솔직히 말하자면 오히려 밥값 이상을 했기 때문에 중년 사내는 기쁜 마음으로 청년을 보살펴 줄 수 있었다.

'오늘은 장에 나가서 옷이라도 좀 사 입혀야겠다.'

둘둘 싸매고 있는 자신도 이렇게 추운데 저 녀석은 얼마나 춥겠는가?

걱정스러운 눈빛으로 청년이 있는 곳을 살펴보던 중년 사내는 다시 본인의 일을 하기 시작했다.

오늘은 다른 날보다 더 많은 작업을 해야 했기 때문이다.

*　　*　　*

중년 사내와 청년은 지게에 한가득 장작을 메고 허 대인 집을 찾아갔다.

인근에서 가장 힘 있는 인물인 허 대인은 집도 역시 거대했다.

남벼락이 한눈에 보이지도 않을 만큼 길게 늘어서 있는 대궐 같은 집인 것이다.

허 대인의 집에는 남자 하인들도 무려 서른 명이나 있었고, 계집종들은 그것보다 더 많았다.

자연히 중년 사내는 조심스러운 태도로 뒷문으로 다가갔다.

그리고 그 앞에서 험상궂은 얼굴로 문을 지키고 있는 사내들에게 조용히 입을 열었다.

"저…… 오늘 약속되어 있던 장작을 해 왔습니다요."

"자네가 춘삼인가?"

"예에. 제가 춘삼입니다."

중년 사내가 헤헤거리며 웃자 문지기가 턱 끝으로 그 뒤를 가리키며 물었다.

"뒤쪽에 있는 저놈은 누구지?"

긴 머리로 얼굴을 가린 채 춘삼이 등에 지고 있는 장작의 두 배 이상을 짊어지고 있는 청년.

그를 보며 문지기가 묻자 춘삼이 별것 아니라는 어투로 입을 열었다.

"헤헤, 제 조카 놈인데 밥값을 하라고 데려왔습니다요."

문지기는 청년을 위아래로 한 번 훑어보고는 얼굴을 찡그렸다.

"너는 이 날씨에 춥지도 않나? 무명옷 하나 입고 엄동설한을 돌아다니다니……."

청년이 아무런 대답도 하지 않고 그저 멍하게 문지기를 바라볼 때.

춘삼이 끼어들었다.

“에헤헤, 안 그래도 이번에 삯을 받으면 나가서 옷이라도 한 벌 사 입힐 생각입니다요.”

“쯧, 그러도록 하게. 지켜보기 너무 안쓰럽구만.”

문지기가 혀를 차며 길을 비켜 주자 춘삼은 청년을 데리고 집 안으로 들어갔다.

그리고 뒷마당에 있는 장작 보관소에 등에 지고 온 지게들을 내려놓으며 입을 열었다.

“배고프지? 조금만 기다려 봐.”

“…….”

청년은 멍한 시선으로 주변을 둘러보았다.

앞머리가 얼굴을 반쯤 가리고 있어서 답답했지만 춘삼이 그렇게 하라고 시켰으니까 답답해도 참았다.

“여기서 잠시 기다리고 있어. 노관 어르신을 만나 뵙고 돈을 받아올 테니까. 얌전히 기다리고 있어야 해. 알겠지?”

끄덕끄덕.

청년이 고개를 끄덕이자 춘삼은 두 손을 비비며 저 멀리 보이는 문 안쪽으로 쏙 들어가 버렸다.

청년은 가만히 장작 위에 앉아서 기다렸다.

춘삼의 걱정과는 다르게 청년은 하나도 춥지 않았다.

일도 전혀 힘들거나 고되지 않았다.

그저 멍했다.

멍한 와중에 따스한 햇실까지 받자 잠이 쏟아졌다.

자신도 모르게 꾸벅꾸벅 졸던 청년은 어느 순간 퍼뜩 정신을 차렸다.

'으응?'

누군가가 자신을 부른 것만 같았다.

졸린 눈으로 주변을 둘러보는데 아무도 없었다.

청년은 뒷머리를 긁적이다가 다시 꾸벅꾸벅 졸았다.

이상하게 나른했다.

그때 누군가가 그의 곁으로 다가왔다.

청년이 멍한 시선으로 고개를 들자 장난기 많게 생긴 여자가 눈에 들어왔다.

나이는 대략 스무 살 초반 정도?

그녀의 뒤에는 비슷한 또래의 눈초리가 올라가 사납게 보이는 여자가 한 명 더 있었다.

"너 여기서 뭐 해?"

"누군데? 아는 사람이야?"

"아니, 모르지. 모르니까 물어보는 거야."

"아…… 그래?"

"……."

청년은 아무 생각 없이 여자를 바라보았다.

그 여자도 아무 생각 없이 청년을 바라보았다.

그러다 장난기가 있어 보이는 여자가 먼저 입을 열었다.

"너 나무꾼이야?"

청년은 잠시 고민했다.

나무꾼이 뭐였지?

무언가 굉장히 익숙한 단어였다.

잠시 기억을 더듬으려는데 갑자기 머리가 깨어질 듯이 아파 왔다.

"으음."

청년이 대답하지 않고 괴로운 얼굴을 해 보이자 여자가 고개를 갸웃거리며 다가왔다.

"왜 그래? 어디 아파?"

여자가 가까이 다가오니 청년이 손사래를 치며 뒷걸음질 쳤다.

여자는 잠시 멈칫했다가 눈을 가늘게 뜨며 다시 청년에게 가까이 다가갔다.

"이거 수상하지?"

"응, 그러고 보니까 되게 수상한데? 얼굴도 저렇게나 가리고 있고……."

장난기가 있어 보이는 여자가 갑자기 손을 뻗어 청년의 앞머리를 확 잡아챘다.

청년이 아픈 표정을 해 보일 때.

여자가 신난 어투로 입을 열었다.

"히히. 자, 이제 정체를 드러내시지, 이 도둑놈아!"

"그래, 정체를 드러내!"

졸지에 도둑놈이 되어 버린 청년.

머리채를 움켜진 여지가 약간 과장된 동작을 하며 청년의 앞머리를 위로 팍 젖혔다.

그리고…….

"……."

"……."

청년은 찔끔한 얼굴로 여자들을 바라보았고, 여자들을 금세 당황한 얼굴로 청년을 바라보았다.

그러다 잠시 후.

장난을 친 여자가 뒤로 주춤주춤 물러나더니 황당하다는 표정으로 입을 열었다.

"너…… 정체가 뭐야? 아니, 뭐예……요?"

청년은 대답하지 못했다.

본인도 자신의 정체를 몰랐기 때문이다.

*　　*　　*

"흥흥흥—"

춘삼은 기분이 아주 좋아졌다.

노관이라는 장작을 관리하는 놈이 일이 바쁘니까 확인도 하지 않고 돈을 내주었기 때문이다.

물론 확인했어도 받을 돈이긴 했지만 괜한 생트집과 욕을 듣지 않았으니 그게 어디인가?

흥겨운 마음에 콧노래를 흥얼거리며 장작 보관소로 가고 있는데 갑자기 두런두런 말소리가 들려왔다.

"그러니까 어디에서 왔다고요?"

"……."

"저쪽…… 설마 백령산(白翎山)?"

"……."

"그 먼 곳에서부터 여기까지 혼자 온 거예요? 누구랑 같이 왔어요?"

"……."

"아, 다행이다. 일행이 있나 보네요?"

춘삼은 장작 보관소 근처까지 왔다가 걸음을 멈췄다.

여자 둘이서 무어라 질문을 하고 잠시 대화가 끊겼다가 자기들끼리 속닥거리는 것이 들렸다.

'뭐지? 누구랑 이야기하는 거야?'

아닐 거라고 생각하고 싶었지만 왠지 모르게 자신의 불길한 예감은 빗나가지 않을 것 같았다.

춘삼이 조심스럽게 장작 보관소에 고개를 빼꼼히 내밀자 모두의 시선이 그를 향해 있었다.

"저 사람인가요, 일행이?"

끄덕끄덕.

춘삼은 얼굴을 일그러뜨렸다.

역시나 자신의 불길한 예감은 들어맞았다.

“잠시 이리 좀 와 주시겠어요? 묻고 싶은 게 있는데…….”

춘삼은 살짝 겁먹은 얼굴로 여인들에게 다가갔다.

여인들이 누구인지 춘삼은 단박에 알아보았던 것이다.

‘저 사납게 생긴 쪽이 허 대인의 무남독녀 외동딸인 허유람이고 그 옆에 있는 여자가 친구인 차수진이었지?’

둘은 춘삼에게 있어서 감히 바라보기도 힘든 존재들이었다.

근방에서 행세깨나 한다는 집안의 따님들인 것이다.

춘삼이 금방 굽실거리며 다가가자 눈초리가 올라간 여인.

허유람이 입을 열었다.

“이분을 알아요?”

“네? 네네.”

“잘 알아요?”

“예, 암요.”

아주 잘 알지.

생명도 구해 줬는데.

춘삼이 속으로 그렇게 생각하고 있을 때.

허유람이 의심쩍은 눈으로 다시 물었다.

“어떻게 아는 사이예요?”

“그건…….”

어떻게 말해야 할까? 이 녀석이 어디까지 말했을까?

이 계집애들이 어디까지 알고 있는 거지?

짐작할 수가 없었다.

춘삼이 곤란한 얼굴로 조용히 눈치를 살피고 있을 때.

옆에서 가만히 듣고만 있던 차수진이 뱁새눈을 뜨며 입을 열었다.

“정말 잘 아는 사이 맞아요?”

“예? 예. 아, 아니요.”

춘삼이 차수진의 사나운 눈길에 결국 거짓말을 하지 못하고 사실을 실토하고 말았다.

그러자 차수진과 허유람이 그를 압박하며 말했다.

“이분에 대해 알고 있는 거 사실대로 다 말해요. 안 그러면 곤란하게 만들어 줄 테니까.”

노골적인 협박에 춘삼은 울며 겨자 먹기로 자신이 알고 있는 모든 것을 말해 주었다.

그리고 춘삼의 이야기를 듣고 있던 차수진과 허유람의 얼굴은 서서히 놀람으로 물들어갔다.

*　　*　　*

오 년 전.

천마신교는 극도로 혼란스러웠다.

정도맹에게 압도적인 힘의 차이를 보여 주며 사천 지역을 흡수한 일로 잔뜩 흥분해 있는 상황에서 교주 공손천기가 갑작스럽게 봉문을 선언했기 때문이다.

"이유를…… 여쭤 봐도 되겠습니까?"

선우조덕을 비롯하여 전박, 주상산과 우규호 등 일부 호법이 비밀리에 찾아와 물었다.

너무 급작스러웠고, 수뇌부들과 사전에 이야기된 바가 아무것도 없는 선언이었던 것이다.

교주 공손천기가 단독으로 내린 결정이었다.

그 의견에 감히 반대를 할 수는 없었지만 적어도 이유는 알고 싶었다.

공손천기는 아무 말도 하지 않고 그들을 물끄러미 바라보다 턱을 괴며 물었다.

"영감들이 생각했을 때, 지금 내가 제자에게 교주 자리를 물려준다면 어떤 일이 발생할 거 같아?"

"예……?"

교주 자리를 물려준다?

이게 무슨 뜬금없는 소리인가?

의도를 짐작 못 할 질문에 모두가 고개를 갸우뚱거렸다.

일단 시기적으로 너무 일렀다.

지금은 교주도 건재하고, 그가 이루어 놓은 업적들이 너무 엄청났다.

소교주가 재능이 특출하기는 하나 현재의 교주에 비한다면 애송이에 불과했다.

'그리고…….'

그런 것들보다 더 중요한 문제가 있었다.

교주직을 승계하는 일.

그것은 애당초 지금의 교주가 죽기 전에는 절대 불가능한 일이라는 점이다.

'천마신교에 두 개의 태양은 필요 없다.'

하나의 태양이 떠오르려면 반드시 기존의 태양은 없어져야만 했다.

그것이 오랜 전통이자 율법.

"교주님이 전성기를 구가하고 계신 지금, 소교주님께 교주직을 물려주신다는 게 애초에 불가능한 일 아닙니까?"

선우조덕이 의문을 품고 말하자 모두가 고개를 끄덕였다.

그 모습을 지켜보던 공손천기가 히죽 웃었다.

"내가 없어진다면 이야기가 되잖아?"

"……!"

이게 갑자기 무슨 소리일까?

모두가 당황해하는 그 순간, 공손천기가 입을 열었다.

"약쟁이 영감, 가까이 와 보도록 해. 와서 직접 진맥해 봐."

선우조덕이 불신에 가득한 눈빛으로 천천히 공손천기를 바라보았다. 그리고 얼굴을 찡그리며 말했다.

"이번 건 장난이 지나치십니다, 교주님."

"장난 아니야."

우규호와 주상산이 불안한 눈길로 마른침을 꿀꺽 삼킬 때.

선우조덕이 소매로 자신의 이마를 한 번 닦으며 입을 열었다.

"……겁주지 마십시오. 저희들 겉으론 이렇게 건강해 보여도 심장이 엄청 약합니다. 게다가 다들 나이가 있어서 오늘내일하는 중이지요, 교주님."

"그러니까 와서 제대로 봐. 다른 영감들은 자네 말이라면 믿을 테니까."

그리고 공손천기가 손목을 앞으로 내밀었다. 선우조덕은 망설였다.

불길한 느낌.

하나 곧 어쩔 수 없다는 것을 깨닫고 조심스럽게 공손천기의 진맥을 시작했다.

잠시 후.

선우조덕의 전신이 작게 떨리기 시작했다.

"……대체 언제, 언제부터 이러신 겁니까? 어째서 내부가 이 지경이 되신 겁니까?"

"좀 됐군. 두어 달 된 거 같은데?"

"왜 저에게 말씀하지 않으셨습니까?"

선우조덕의 음성은 가늘게 떨리고 있었다.

지켜보고 있던 주호법과 우호법, 전박의 눈동자도 서서히 불안정하게 흔들리기 시작했다.

"영감 능력은 내가 가장 잘 알지. 그래서 말하지 못했어. 이건 영감도 어쩔 수 없다는 걸 알았으니까."

그때 뒤에서 지켜보고만 있던 우규호가 버럭 소리를 질렀다.

"네 이놈! 약쟁아! 네가 지금 무슨 말을 하고 있는지 아느냐?"

“…….”

“교주님의 장난에 장단 맞춰 주지 마라, 이놈아. 늙은 심장 멈추는 꼴 보고 싶으냐?”

“……너희들은 내가 지금 장난치는 걸로 보이더냐?”

“……!”

선우조덕은 서슬 퍼런 눈빛으로 뒤를 한 번 보았다가 다시 고개를 돌렸다. 그는 아랫입술을 깨물며 몇 번이고 다시 진맥을 하며 재확인을 해 봤다.

그래도 결과는 같았다.

‘내장이 상해 있다.’

단순히 상해 있는 것이 아니라 육체 안쪽의 모든 것들이 전반적으로 허물어지며 제 기능을 상실해 가고 있었다.

마치 모래성이 무너지는 것처럼 소리 없이, 그러나 확실하게 무너져 내리는 느낌.

문제는 어째서 이렇게 되었는지, 왜 이렇게 되었는지 그 원인이 전혀 짐작되지 않는다는 데 있었다.

“내가 지금 시점에서 사라지게 되면 어떻게 될까?”

교주 공손천기가 사라지면?

모두 곤혹스러운 얼굴을 해 보였다.

뜬금없게만 느껴졌던 질문에 대해서 진지하게 고민하기 시작한 것이다.

지금 공손천기가 사라지면 곤란했다.

단순하게 초류향이 차기 교주로 등극하면 될 일이라고 생각할 수도 있지만, 그렇게 간단한 문제가 아니었다.

지금까지 천마신교는 전대의 교주가 죽었을 때를 제외하고는 교주가 바뀐 적이 없다.

교주가 바뀌었다는 것이 세상에 알려지면 곧장 천하 사패가 움직일 것이다.

"내부의 일은 영감들이 있으니 걱정하지 않아. 이번에 대강 정리도 했고. 하지만 외부는…… 아무래도 영감들만으로는 감당이 되지 않지."

모두가 입을 열지 못했다.

천하 사패, 그리고 황실.

그들은 천마신교를 눈엣가시처럼 보고 호시탐탐 기회를 노리고 있었다.

지금 상황에서 공손천기라는 든든한 방패막이가 사라지게 된다면 그들은 망설이지 않고 달려들 것이다.

공손천기가 없는 천마신교는 그 성난 이리 떼를 막을 수 없었다.

"천하 사패의 주인들이 직접 움직인다면 아마 견딜 수가 없겠지. 그래서 나는 선택을 해야 했다."

톡—

공손천기는 손가락으로 가볍게 탁자를 치며 좌중을 훑어보았다.

자신이 가장 믿는 사람들.

공손천기 본인과 생사고락을 함께한 그의 사람들이었다.

"봉문을…… 선언한 것 말입니까."

"뭐, 그것도 하나의 선택이라면 선택이겠지만……."

공손천기는 자신의 턱을 한 번 쓰다듬은 후 좌중을 둘러보다 피식 웃었다.

"이봐, 그렇게 죽을상 하고 있지 마, 영감님들. 이러면 내가 말하기 부담스럽잖아."

"……."

공손천기의 가벼운 농담에도 굳어 있는 분위기는 쉽게 풀리지 않았다. 모두의 얼굴에 숨길 수 없는 복잡함이 떠올랐다.

하나 그 복잡함들 가운데 가장 뚜렷한 하나의 감정.

그것은 바로 진하디진한 슬픔이었다.

"사람은 누구나 죽어. 그건 영감들이 가장 잘 알고 있으면서 왜 그래?"

"……그래도 적어도 저희보다는 오래 사셔야지요. 이 늙은이들보다 먼저 가셔서야 되겠습니까, 교주님?"

공손천기는 그때까지 침묵을 지키고 있던 전박의 말에 찔끔한 표정을 지었다가 곧 뒷머리를 긁적이며 말했다.

"어쩌다 보니 그렇게 됐어. 그러니 이해해 주라."

전박은 대답하지 않았다.

그저 물끄러미, 하나 끓어오르는 감정을 최대한 억누르며 공손천기를 바라볼 뿐이었다.

천마신교의 팔대 호법들 중 가장 이성적이고 냉철한 전박이다.

그는 이 무섭도록 무겁게 짓눌러 오는 슬픔 속에서도 스스로의 강점을 잊지 않았다.

"생각해 놓은 계획이 있으시겠지요? 갑작스럽게 봉문을 선언하고 이렇게 저희들을 기다렸다는 것은 그 뜻을 말씀하시고자 함이 아닙니까?"

공손천기는 고개를 끄덕였다.

그리고 차분하게 입을 열었다.

"다른 녀석들은 모르겠지만 천하 사패의 주인들이 직접 움직인다면 본 교는 멸망할 거야. 이건 확실하지."

"……."

"그래서 난 이제부터 완벽하게 폐관 수련에 들어갈 생각이야. 내 생사 여부는 영감들도 모르고, 다른 누구도 모르게 되겠지. 그럼 그 소식이 외부에 흘러나갈 일도 자연히 없어지는 거야."

폐관 수련?

모두의 눈가에 복잡함이 떠올랐다.

"……아마도 그다지 오래 버틸 순 없을 겁니다."

그랬다.

교주라는 자리는 모든 권력의 정점에 서 있는 자리였다.

때문에 본래부터 오래 비워 둘 수가 없는 위치다.

과연 폐관 수련이라는 명목으로 교주의 죽음을 얼마나 숨길 수 있을까?

기껏해야 몇 년?

그것도 정말 길게 보았을 경우의 이야기다. 그 이상 교주의 부재가 길어지게 되면 내부에서부터 붕괴가 일어나게 될 터.

"……소교주님은 어떻게 하실 생각이십니까?"

그랬다.

공손천기의 폐관 수련과는 별개로 초류향은 어찌 되는 걸까?

"외부로 보냈어."

모두의 얼굴에 경악이 떠올랐다.

"아직 밖은 너무 위험합니다."

"물론 그냥 나가면 위험하겠지. 얼굴이 너무 알려졌으니까."

"하면……."

공손천기는 공허한 얼굴로 자신의 두 손을 펴 보이며 입을 열었다.

"그 아이가 삼황 정도의 위치까지 오르려면 얼마나 걸릴 거 같아? 오 년? 십 년? 그 안에 거기까지 오른다면 정말 대단한 거겠지. 하지만 문제는 그 정도로도 부족하다는 거야. 적어도 나 정도는 되어야 하지. 그럼 나만 한 위치까지 오르는 데 얼마나 걸릴까? 십 년? 이십 년? 대충 나를 기준으로 보았을 때, 이십 년이나 삼십 년 사이면 될지도 모르겠군."

"……."

"다들 짐작하겠지만 지금부터 그 아이가 올라가야 할 계단은 여태까지와는 다르게 그 높이가 어마어마해. 그런데 그것마저도 일일이 밟고 넘어갈 시간이 없지. 그래서 편법으로 내 깨달음을 그 아이에게 강제로 전해 주었어."

강제로 깨달음을 전해 주었다?

그런 일이 가능한 건가?

모두의 눈이 크게 뜨여졌다.

"그게 무슨 말씀이십니까? 그런 편법이 실제로 존재합니까?"

공손천기는 고개를 끄덕였다.

그리고 진지한 얼굴로 입을 열었다.

"자네들은 혹시 역천귀의술이라고 들어 보았나?"

역천귀의술(逆天歸意術)?

모두가 잠시 서로의 눈치를 살폈다.

눈을 끔뻑거리며 눈치를 살피던 그들은 고개를 저었다.

"저희들은 처음 들어봅니다."

전박이 말하자 공손천기가 히죽 웃으며 말했다.

"당연히 들어 봤을 리가 없지. 내가 만든 거니까."

공손천기는 말을 하며 아랫배를 잡고 장난스럽게 낄낄 웃었다.

이 상황에서도 농담을 하는 교주의 모습에 모두의 얼굴이 일그러질 때. 공손천기가 손을 들어 그들을 가볍게 진정시킨 후 말했다.

"간단하게 설명하자면 내 깨달음을 녹여서 원하는 상대에게 강제로 주입시키는 술법이야."

"그, 그런 말도 안 되는 게 가능합니까?"

깨달음을 전해 줄 수 있다니?

무공과 깨달음은 그 의미가 전혀 달랐다.

깨달음이라는 것은 스스로가 느끼고, 부딪쳐 봐야 얻을 수 있는 것이기 때문이다.

"가능하긴 해. 원한다면 자네들에게도 지금 당장 해 줄 수 있어. 하지만 부작용이 좀 심해서 해 주지 않을 뿐이야."

"무슨 부작용입니까?"

무려 천하제일인 공손천기의 깨달음을 얻는 일이다.

부작용 따위 대수겠는가?

모두의 얼굴에 떠오른 그 감정을 읽은 공손천기가 악동처럼 웃으며 말했다.

"내 깨달음을 완전히 자기 것으로 소화하기 전까지는 기억이 봉인당하게 돼."

"……예?"

"쉽게 말해서 백치가 되는 거지."

"……!"

저 대단한 공손천기가 평생 동안 연마하여 얻은 깨달음의 정수다.

그것을 완전히 자기 것으로 만드는 데에 과연 얼마의 시간이 필요할까?

어쩌면 평생이 걸려도 이루지 못할 일이 아닐까?

그 긴 시간 동안 백치로 지내야 한다고?

"내 깨달음을 완전히 소화할 수 있다면 단번에 나처럼 무적의 반열에 올라설 수 있지. 천하 사패의 주인들이 다 몰려와도 한 손으로 박살 낼 수 있을 만큼."

"하나 백치가 되는 것은……."

위험부담이 너무 컸다.

안 그래도 험난한 강호가 아닌가?

맨정신으로도 버티기 힘든데 백치라니?

말도 안 되는 소리였다.

"어때? 자네들에게도 해 줄까? 나처럼 무적이 될 수 있어."

모두 고개를 저었다.

젊었더라면 한번 욕심을 부릴 만했을 것이다.

하나 지금은 아니었다.

이 나이에 자기 앞가림조차 못 하게 될 걸 생각하니 눈앞이 아찔했던 것이다.

"그 아이라면 분명히 소화할 수 있을 거야. 난 단지 여기까지 오르는 시간을 단축해 준 것뿐이지."

천마신교 역사상, 아니 전 무림사를 통틀어 최고의 천재라 불리는 공손천기다.

그를 기준으로 삼고 그 위치까지 초류향이 오르는 데에 걸리는 시간을 계산해 봤을 때 이십 년, 혹은 삼십 년이라는 결과가 나왔다.

하나 불행하게도 지금은 그 정도의 시간 동안 초류향을 기다릴 수 없는 상황이었다.

공손천기 본인도 그렇게 긴 시간을 기다리기 힘든 상태였고, 천마신교를 적대시하는 세력은 더더욱 기다려 주지 않을 것이다.

그래서 편법을 썼다.

얼마나 시간이 단축될지는 알 수 없었지만 초류향.

그 아이라면 분명히 어마어마한 시간을 건너뛸 수 있을 것이다.

"그 아이를 외부에 보낸 이유는 백치라는 걸 들키지 않아야 했기 때문이야. 제법 믿을 만한 아이들과 함께하니까 그래도 어느 정도까지는 안전하겠지."

그랬다.

어느 정도까지는 안전할 것이다.

'하지만 항상 그다음이 문제지.'

눈에 보이지 않는 한계를 넘어서는 그 순간.

그때부터는 지옥이 될 게 분명했다.

그것을 알면서도 공손천기는 이렇게 할 수밖에 없었다.

천마신교 내부에 있게 되면 더욱 문제가 심각해질 테니까.

후계자가 백치라는 사실을 알게 되면 오히려 천마신교 내에서도 초류향을 죽이려 들 수 있었던 것이다.

이 도박의 관건은 과연 얼마나 빨리 초류향이 스스로의 기억을 되찾을 수 있느냐에 달려 있었다.

'결과를 보지 못하고 가는 건 좀 아쉽겠군.'

공손천기는 클클 웃으며 조용히 눈을 감았다.

자기가 할 수 있는 일은 다했으니 이제 기다리는 것만 남은 것이다.

第八章
묵혼

허유람은 나무꾼 청년을 바라보며 생각에 잠겼다.

한눈에 보아도 귀티가 흐르는 얼굴이었다.

잘 씻지도 않아서 약간 꼬질꼬질하긴 했지만 그래도 청년의 준수한 용모를 가릴 수는 없었다.

게다가 무슨 말만 하면 방긋방긋 웃으며 고개를 끄덕이는 모습이 그렇게 순하고 착해 보일 수가 없었다.

하나 그는 무림인이었다.

"으…… 어떻게 하지?"

허유람은 고민했다.

이상할 수도 있겠지만 방금 한순간 보였던 청년의 맑은 눈빛에 자신도 모르게 빨려 들어가는 듯한 묘한 느낌을 받았던 것이다.

기분이 이상했다.

자꾸만 청년의 눈을 바라보게 되었다.

그때 차수진이 다가오며 입을 열었다.

"저 나무꾼 아저씨 이야기를 들어 보면 이 사람 확실히 무림인인가 봐."

"응. 그것도 일 년 전에 사람들이 어마어마하게 죽었던 그 사건이랑 관련이 있는 거 같은데……."

"그치? 그 만석곡 참사와 관련된 사람 같지?"

차수진과 허유람은 동시에 고개를 끄덕였다.

만석곡 대참사.

엄청난 수의 무림인들이 죽어 갔던 사건이 아닌가?

왜 싸웠는지까지는 알려지지 않았지만 만석곡이라는 계곡에서 벌어진 싸움에서 수백 명의 무림인들이 떼죽음을 당했던 사건이다.

덕분에 그때 당시 바깥은 함부로 돌아다니기도 무서울 만큼 흉흉한 분위기였다.

"너희 아빠가 무림이랑은 가급적 연관되지 말라고 신신당부했었잖아?"

"응. 하지만……."

눈매가 사납게 생긴 여인.

허유람은 뒷말을 잇지 못하고 망설였다.

차수진은 그런 허유람을 보며 고개를 갸웃거렸다.

"왜? 뭐가 고민인데."

"그냥…… 도와주고 싶어서."

"뭐?"

차수진은 깜짝 놀라는 얼굴을 해 보였다.

그러다가 잠시 후 눈매를 초승달처럼 만들며 허유람의 옆구리를 쿡쿡 찔렀다.

"반했어? 이름도 모르는 남자에게?"

"그런 거 아니야."

"에이, 우리끼리 뭘 속이려구 그래? 응? 솔직하게 말해 봐. 반한 게 아니면 그냥 모르는 척 지나가도 되는 거잖아?"

"……그냥 그러기 싫어."

사실 차수진의 말대로 그냥 모르는 척 지나가면 그뿐인 일이기는 했다.

그런데 왠지 모르게 그러기가 망설여졌다.

'역시 눈 때문일까?'

청년의 맑은 눈빛에는 이상하게도 사람을 끌어당기는 마력이 있었다.

"역시 남자는 얼굴이야. 그렇지?"

허유람은 차수진의 작은 중얼거림을 듣고 얼굴을 붉혔다.

"……더 하면 화낸다."

"히히, 우리 유람이가 남자한테 반하는 건 처음 보네? 경사 났네, 경사 났어!"

"야! 장난 그만하고 너도 좀 고민해 봐. 어떻게 해야 할까?"

실실 웃으며 허유람을 놀리던 차수진은 허유람이 정말로 화를 내자 겨우겨우 진정하며 물어보았다.

"흐음. 그런데 구체적으로 뭘 어떻게 도와주고 싶은 건데?"

"기억을 잃었다고 하니까…… 그걸 되찾아 주고 싶어. 불쌍하잖아. 가족들도 걱정하고 있을 거고……."

"너도 걱정되고?"

"……응."

차수진은 허유람이 진심으로 말하자 이번에는 진지하게 같이 고민했다.

그러다 잠시 후 조용히 입을 열었다.

"의원한테 데려가 볼까?"

"기억상실은 의원도 못 고치잖아."

"흠. 그럼 어쩌지?"

잠시 이것저것 생각하던 차수진이 손바닥을 탁 하고 치며 입을 열었다.

"무림인이면 역시 무림인에게 물어봐야 하지 않을까?"

"누구? 주변에 아는 무림인 있어?"

"있지. 우리 외숙부님."

"외숙부님 누구?"

"요 옆에 제갈세가라고 알지? 거기 직계 중 한 분이셔."

"제갈세가?"

허유람이 깜짝 놀라는 얼굴을 해 보였다.

"거긴 엄청 유명한 곳이잖아? 외숙부님 성함이 어떻게 되시는데?"
"제갈명. 강호에서는 풍뢰선(風雷扇)이라 불린대."
"와, 별호가 멋지다. 그럼 그 숙부님을 찾아가 보면 되나?"
"응. 나랑 같이 가면 뵐 수 있을 거야."
"좋아. 그럼 저 사람 데리고 같이 가 볼까?"
둘은 쑥덕거리는 것을 마무리 짓고 자리에서 일어섰다.
그러자 춘삼이 걱정스러운 얼굴로 그녀들을 바라보며 물었다.
"저희는 이제 가도 됩니까, 아가씨?"
"아니요."
허유람은 멍한 얼굴로 자신을 바라보는 청년을 똑바로 응시하며 입을 열었다.
"이 사람을 데리고 잠시 어디 가 봐야겠어요."
"어, 어디를 데리고 가실 생각이신지요?"
"제갈세가에 데려가 보려구요."
제갈세가?
춘삼은 얼굴을 일그러뜨렸다.
그곳은 무림세가가 아니던가?
거길 대체 왜?
"이 사람의 기억을 찾아 주려고 하는 거니까 걱정 안 하셔도 돼요. 해치지 않아요."
"그, 그래도 저희들은 일이 있어서……."
"그 사람은 무림인이에요. 괜찮으시겠어요?"

"……."

춘삼 역시 청년이 무림인일지도 모르겠다는 생각은 이미 오래전에 했었다.

아니, 청년이 무림인이라 확신했다.

하나 그것이 뭐 어떻다는 건가?

춘삼은 그게 무슨 문제가 되냐는 얼굴로 눈앞의 여인들을 바라보았다.

"깊게 엮이면 위험할 수 있어요."

허유람이 낮은 어조로 말하자 춘삼은 뒷머리를 긁적였다.

"아가씨들이 보면 아시겠지만 저는 그다지 많이 배우지 못한 무지렁이입죠. 그래도 정이라는 건 뭔지 아는 놈입니다."

"……."

춘삼은 옆에서 멍한 얼굴로 꾸벅꾸벅 졸고 있는 청년의 머리카락을 쓸어 넘기며 입을 열었다.

"이 녀석이 무림인이든 뭐든 그건 저에게 딱히 중요하지 않아요. 그저 제가 살린 목숨이니 건강해질 때까지는 제가 데리고 있고 싶습니다."

허유람과 차수진은 당황했다.

춘삼이 거절할 것이라고는 생각하지도 못했기 때문이다.

잠시 고민하던 허유람은 고개를 끄덕인 후 입을 열었다.

"좋아요. 이제 가셔도 돼요. 제가 실례했군요."

춘삼은 허유람의 사과를 받고 잠시 머뭇거렸다.

무언가 찜찜했던 것이다.

"저는 그쪽이 이 사람을 단순히 이용하고 있는 거라 생각했어요. 그런데 아니었군요. 미안해요."

춘삼은 어색하게 웃었다.

사실 반쯤 이용하고 있긴 했다.

하나 그래도 춘삼은 떳떳했다.

청년에게 일을 시키는 동시에 청년을 착실하게 돌봐 주고 있었으니까.

"무슨 일이 생기면 언제든지 저를 찾아오세요. 알겠죠?"

"예, 아가씨. 신경 써 주셔서 감사합니다."

춘삼은 꾸벅 아가씨들에게 인사한 후 졸린 눈을 하고 있는 청년을 끌고 서둘러 밖으로 나왔다.

그 모습을 지켜보고 있던 차수진이 입을 열었다.

"정말 괜찮아? 이대로 보내도 되겠어?"

"응. 별수 없잖아?"

하나 말과는 달리 허유람은 굉장히 허전한 표정으로 청년의 뒷모습을 눈으로 좇고 있었다.

차수진은 그 모습을 안타까운 얼굴로 바라보았다.

*　　*　　*

"많이 배고팠지?"

끄덕끄덕.

청년을 데리고 근처 식당에 들어간 춘삼은 오리탕과 만두를 주문하고 자리에 앉아서 기다렸다.

춘삼은 의자에 앉아 창가를 바라보고 있는 청년의 조각 같은 옆얼굴을 보다가 한숨을 내쉬었다.

'이렇게 멀쩡하게 생긴 놈이 어쩌다가…….'

아마 방금 전에 그 아가씨들을 따라갔다면 기억을 되찾을 수 있었을지도 몰랐다.

아니면 적어도 기억을 되찾을 실마리를 얻거나 제대로 된 치료를 받을 수 있었을 거다.

이런 기회가 흔하게 오는 것도 아닐 테니 아쉬운 마음이 없잖아 있었다.

하지만 불안한 마음도 있었다.

춘삼이 알기론 무림인들은 적이 많았다.

혹시나 이 녀석의 적이 제갈세가일 수도 있지 않겠는가?

'물론 그럴 리는 없겠지만.'

아무래도 걱정이 과한 것 같았다.

춘삼이 자신의 생각에 고개를 절레절레 젓고 있을 때.

주문했던 오리탕과 만두가 나왔다.

그러자 청년은 물끄러미 춘삼을 바라보았다.

마치 먹어도 되느냐고 묻는 듯한 그 눈빛에 춘삼은 피식 웃어 버렸다.

'이건 순전히 강아지를 키우는 것과 다름이 없구만.'

춘삼이 손짓으로 먹어도 된다는 시늉을 해 보이자 그제야 청년은 밝게 웃으며 허겁지겁 만두와 오리탕을 먹기 시작했다.

"천천히 먹어. 음식은 많으니까."

끄덕끄덕.

하나 고개를 끄덕거리는 것과는 다르게 청년은 걸신들린 듯이 음식을 먹었다.

춘삼은 그런 청년을 바라보다가 한숨을 내쉬었다.

자신이 내린 결정이 잘한 일인지 판단이 서지 않았다.

어쩌면 이 녀석이 제대로 된 삶을 살 수도 있는 기회였는데 자신이 망친 것이 아닐까?

그런 걱정도 되었던 것이다.

그때.

누군가가 식당 문을 열고 들어왔다.

허리춤에 칼을 매고 있는 여자처럼 곱상한 얼굴의 사내.

그 사내가 식당 안에 들어서는 순간부터 폐부를 조여 오는 날 선 긴장감이 사방에 가득해졌다.

춘삼은 황급히 눈을 돌렸다.

'무림인이다.'

시끌벅적했던 식당 안은 순식간에 고요해졌다.

무림인이 등장하는 순간 다들 알 수 없는 압박감을 느꼈던 것이다.

'여기서 나가야겠다.'

최근에 무림인들은 강호에서 그 모습을 보기가 힘들어졌다.
황실이 직접적으로 무림인들을 소탕하고 있었기 때문이다.
불과 얼마 전까지만 해도 성도 이곳저곳에 노란색 무복을 입은 황실의 고수들이 돌아다니지 않았던가.
춘삼은 긴장한 얼굴로 청년의 발끝을 툭툭 건드렸다.
여기서 나가자는 신호를 하기 위해서다.
그때까지 만두를 집어 먹느라 정신이 없던 청년은 의아한 눈길로 춘삼을 바라보았다.
'나가자.'
춘삼이 눈짓으로 말하며 먼저 몸을 일으키자 청년도 따라서 자리에서 일어섰다.
청년은 일어서면서도 마지막 남은 만두를 입 안에 구겨 넣기에 여념이 없었다.
그때.
문의 바로 옆자리에 앉아 있던 칼을 찬 무림인이 갑자기 자리에서 벌떡 일어나 청년의 앞을 가로막아 섰다.
그 무림인은 곤혹스러운 얼굴로 청년을 바라보며 입을 열었다.
"너 뭐하는 놈이냐? 어째서 네놈은 멀쩡하지? 이름이 뭐냐? 무슨 무공을 익힌 거지?"
"……."
청년이 고개를 갸웃거리며 어리둥절한 얼굴로 무림인을 바라볼 때.
춘삼은 심장이 덜컥 내려앉는 기분을 느끼며 다급하게 입을 열었다.

“헤헤, 대협께서 무언가 오해가 있으신가 본데…… 제 조카 녀석은 머리를 다쳐서 바보가 된 지 오래입니다.”

“머리를 다쳤다고?”

무림인.

아니, 좀 더 정확하게는 최상승의 무공을 익힌 황실의 비밀 감찰사인 묵혼(墨魂)은 고개를 갸웃거렸다.

‘머리가 다치면 원래 겁이 없어지는 건가?’

곰곰이 생각해 보니 그럴 수도 있겠다고 여겨졌다.

그러자 김이 팍 새 버렸다.

처음에는 자신이 뿜어내는 무형지기를 아무렇지도 않게 감당하는 놈을 보고 긴장했는데 허탈해진 것이다.

‘그러고 보니…….’

바보라는 이야기를 듣고 청년을 자세히 보니 생긴 건 멀쩡한데 하고 다니는 꼬락서니가 영 비루해 보였다.

옷은 다 해져 있고, 낡아 있었다.

잠시 위아래로 청년을 훑어보던 묵혼은 낮게 혀를 차며 길을 비켜 준 후 말했다.

“옷이라도 사 입혀라. 보기 안쓰럽군.”

묵혼은 소매에서 금화를 던져 준 뒤 다시 자리에 앉았다.

춘삼은 이게 웬 횡재인가 싶어서 냉큼 금화를 받아 챙긴 다음 묵혼에게 연신 감사의 말을 남기며 바깥으로 나갔다.

청년을 챙기며 멀리 사라지는 춘삼을 보던 묵혼은 다시 고개를 돌렸다.

아까부터 식당 안의 사람들은 그의 눈치를 살피느라 바빴다.

'좋군.'

기분이 좋아졌다.

이런 우월한 기분을 느끼려고 일부러 강호에 나오지 않았던가?

묵혼이 조용해진 식당을 흐뭇한 표정으로 바라보고 있을 때.

귓가에 전음이 들려왔다.

『주 학사님께서 급하게 찾으십니다. 감찰사님.』

『나를? 그럴 리가? 아직 약속시간이 많이 남지 않았느냐?』

『예. 한데 주 학사님 쪽에서 요청이 들어왔습니다. 아무래도 고전중이신 모양입니다.』

묵혼은 얼굴을 찌푸렸다.

『그건 재미없는 농담이다. 주 학사가 어떤 사람인데.』

『한데 이건 사실입니다. 정도맹에서 주 학사님이 만들어 놓은 진법을 돌파했습니다. 조만간 무력으로 충돌할 듯합니다.』

묵혼은 눈을 동그랗게 뜨고 창밖을 응시했다.

그리고 전음으로 말했다.

『정말이더냐?』

『예. 마침내 주 학사님이 가장 우려하던 일이 벌어지고 말았습니다.』

묵혼은 눈을 가늘게 뜨며 전음을 날렸다.

『뛰어난 진법가가 정도맹 측에 합류했다는 말이군.』

『예. 그런 것으로 사료됩니다.』

묵혼은 웃었다.

생각보다 일정이 많이 앞당겨졌지만 오히려 잘된 일이었다.

『알았다. 최대한 빨리 합류하지.』

『감사합니다. 주 학사님에게는 그렇게 전하겠습니다.』

묵혼은 자리에서 일어섰다.

그리고 자신을 따라다니는 수하들에게 전음을 날리며 웃었다.

'어떤 놈들이 와 있으려나.'

황실의 무림 말살 계획.

그 계획으로 인해 수없이 많은 무림인들이 희생당했다.

하나 황실은 이 정도로 만족하지 않았다.

그들은 정말로 강호에서 모든 무림인들을 지우려고 작정했던 것이다.

그리고 그 선두에는 황실에서 비밀리에 키운 다섯 명의 살인 병기.

화경의 고수들이 있었다.

묵혼은 그들 중 하나였다.

第九章
소소

"헤헤, 소소 오빠. 이거 좀 먹어 봐요. 엄마 몰래 다진 고기도 넣어서 맛있을 거예요."

댕기 머리를 한 주근깨가 가득한 소녀.

그녀는 나무꾼 청년에게 주먹밥을 내밀며 쑥스러운 얼굴을 해 보였다.

나무꾼 청년은 소녀가 건네는 주먹밥을 넙죽 받아 입으로 넘기며 행복하게 웃어 보였다.

그 웃는 모습을 넋 놓고 바라보던 주근깨 소녀가 중얼거렸다.

"정말 오빠한테는 너무너무 미안하지만, 솔직히 이대로 영원히 기억이 돌아오지 않았으면 참 좋겠어요."

"아주 본인 면전에 대놓고 욕을 하는구나."

"어? 아빠?"

"내 밥은?"

"여기요."

소녀는 옆에 있던 다른 주먹밥을 춘삼에게 건네며 입을 삐죽 내밀었다.

"소소 오빠랑 결혼하는 거에 대해서 엄마는 이미 허락했어요. 이제 아빠만 하면 돼요."

"네 엄마는 포기한 거겠지. 하지만 난 절대 반대다. 내 눈에 흙이 들어가기 전에는 죽어도 안 돼."

소소(昭笑, 밝은 웃음).

그것이 나무꾼 청년의 이름이었다.

춘삼은 사내에게 어울리지 않는 계집 같은 이름이라고 반대했지만 소녀의 강력한 주장에 밀려서 어쩔 수 없이 그렇게 부르고 있었다.

"아빠 눈에 흙이 들어가면 소소 오빠랑 결혼해도 돼요?"

주근깨 소녀가 바닥에 있던 흙을 손으로 집으며 진지하게 묻자 춘삼은 주먹밥을 먹다 말고 몸을 부르르 떨었다.

"아비의 시체를 밟고 넘어갈 생각이냐!"

춘삼의 분노에 찬 음성에 소녀는 찔끔하더니 고개를 돌리며 중얼거렸다.

"……사랑의 힘은 위대해요, 아빠. 아무리 반대해도 소용없어요. 결국엔 제가 낚아채 갈 테니까."

소녀는 손에 들고 있던 흙을 조심스럽게 바닥에 버렸다.

춘삼은 그 모습을 어이없다는 얼굴로 바라보다 입술을 푸들거리며 웃었다.

"딸자식 키워 봐야 소용없다더니…… 옛말이 틀린 게 하나 없다. 잔말 말고 어서 내려가!"

"허락만 해 주시면 효도 한다니까요, 제가?"

"네가? 잘도 그러겠다."

"소소 오빠 닮은 아들딸 씀풍씀풍 낳아서 효도할게요."

딸의 당돌한 말에 춘삼은 한숨을 내쉬며 말했다.

"불쌍한 우리 소소한테 찝쩍거리지 말고 지금 당장 사라져 주는 게 최고의 효도다, 딸아. 아빠 피곤해. 내일도 새벽부터 일 나가야 하거든. 그러니 좀 가 주라, 응?"

춘삼은 주먹밥을 입 안에 한 번에 다 욱여넣고 엉덩이를 털며 자리에서 일어섰다.

내일 다시 장작을 해다가 팔려면 일찍 자야 했다.

피곤함이 밀려왔다.

하나 그의 딸은 쉽게 포기하지 않았다.

소녀는 멍한 얼굴로 주먹밥을 우물거리고 있는 소소에게 다가가 팔짱을 끼며 말했다.

"우리 소소 오빠를 행복하게 해 줄 사람은 세상에 저밖에 없어요!"

춘삼은 억지를 부리는 딸의 모습에 깊은 한숨을 내쉬며 애처로운 얼굴로 딸을 바라보았다.

"아서라. 지금 당장이라도 저 녀석이 얼굴 까놓고 길바닥에 앉아 있으면 데리고 가려는 여자들이 줄을 서게 될 게다. 이놈은 네게 어울리지 않아. 송충이는 솔잎을 먹어야지."

"왜요! 안 되는 이유가 대체 뭔데요!"

바락바락 대드는 딸을 보며 춘삼은 얼굴을 찡그렸다.

그리고 진지한 얼굴로 말했다.

"넌 너무 못생겼잖아."

"……!"

"내 딸이지만…… 좀 그래. 너랑 맺어 주면 소소에게 너무 미안하지."

소녀는 아빠의 솔직한 말에 큰 충격을 받은 듯 멍청한 얼굴을 해 보였다.

그러다 휘청거리며 바닥에 털썩 주저앉았다.

땅을 짚고 고개를 떨구고 있는 딸을 보며 춘삼은 피식 웃었다.

"까불지 말고 내려가서 자. 네 엄마한테는 내일 저녁밥은 내려가서 먹을 거라고 말하고."

"……."

춘삼은 충격에 빠져 있는 딸을 보는 둥 마는 둥 하며 소소에게 다가가 말했다.

"내일은 시간이 좀 널널하니까 장작을 팬 후에 옷이나 사러 가자. 오늘은 너무 정신이 없어서 못 샀으니까."

끄덕끄덕.

춘삼은 얌전하게 고개를 끄덕이는 소소를 기특하다는 얼굴로 바라보다 입을 열었다.

"걱정 마라. 너는 내가 끝까지 뒷바라지해 줄 테니까. 오늘 그 아가씨들에게 보내지 않은 만큼 더 잘해 주마."

끄덕끄덕.

소소가 다시 한 번 고개를 끄덕이자 춘삼이 흐릿하게 웃으며 말했다.

"이 녀석! 너는 내가 지금 무슨 말을 하는지 이해는 하고 고개를 끄덕이는 거냐?"

춘삼이 되묻자 소소는 잠시 멍청한 얼굴을 해 보였다가 곧 헤실거리며 웃었다.

그 웃음이 너무도 해맑았기에 춘삼은 자신도 모르게 소소의 머리를 쓰다듬어 주었다.

춘삼의 손길이 부드럽게 머리를 어루만지자 소소의 눈동자가 일순간 크게 흔들렸다.

그러다 이내 고개를 찡그리며 두 손으로 머리를 움켜잡았다.

"아윽!"

"어? 왜 그래? 어디 아픈 거냐?"

"소소 오빠!"

퍼억—!

"컥!"

주근깨 소녀는 그녀의 아버지를 옆으로 강하게 밀치며 소소에게 다가가 걱정스러운 표정으로 그를 살폈다.

"오빠, 어디 아파요? 우리 아빠가 무식해서 미안해요."

소소는 자신을 염려하는 소녀의 말도 듣지 않은 채 머리를 움켜잡고 몸을 최대한 쪼그리고 앉았다.

머리가 깨어질 듯 아파 왔다.

가끔씩 이런 극심한 통증이 느껴지면 무언가가 머릿속에서 번개처럼 떠올랐다가 사라지곤 했다.

그것은 매우 따뜻하면서도 슬픈, 그런 감정의 조각들이었다.

'생각하면 안 돼. 의식하면 안 돼.'

소소는 스스로에게 그렇게 되뇌며 가만히 앉아서 고통의 시간이 지나가길 간절히 기다렸다.

얼마의 시간이 지났을까?

입 안의 침이 거의 말라붙었을 무렵.

천천히 고통이 사라지기 시작했다.

거칠게 심호흡을 하며 헐떡거리던 소소는 겨우 안정을 되찾고 고개를 살며시 들었다.

"괜찮아요?"

주근깨 소녀가 묻자 소소는 고개를 끄덕였다.

이마에는 식은땀이 줄줄 흐르고 있었지만 그래도 멀쩡해 보였다.

평소의 모습 그대로인 것이다.

이리저리 둘러보며 소소의 모습을 확인한 후 소녀는 안도한 얼굴을 해 보였다.

그러다 문득 뭐가 생각났는지 저쪽 옆에서 팔을 주무르고 있는 아빠를 표독스럽게 쏘아보며 말했다.

"왜 우리 오빠 괴롭히는 거예요! 진짜 믿고 맡길 수가 없네!"

"아, 아니, 난 아무 짓도 안 했는데? 갑자기 그런 거야. 원래 가끔 그랬잖아. 지금도 그런 걸 거야."

"아빠가 갑자기 머리를 만지니까 오빠가 괴로워한 거잖아요! 안 그래도 아픈 사람 챙겨 주지는 못할망정!"

"그, 그거야 그렇지만……."

춘삼은 자신도 모르게 주춤 물러섰다가 곧 서러운 듯이 투덜대며 팔을 내밀었다.

"아빠도 방금 전에 네가 밀어서 넘어졌다. 이거 봐라. 이렇게 상처도 났어."

소녀는 힐끔 아빠의 상처 부위를 바라보다 얼굴을 일그러뜨렸다.

"살짝 까진 정도로 지금 그렇게 엄살 피우는 거예요? 못생겨서 큰일인 딸 앞에서?"

"……미안하다. 아까는 아빠가 잘못했어."

"됐어요. 사과해도 못생긴 건 고쳐지지도 않는데요, 뭐."

소녀는 걱정스러운 얼굴로 소소를 바라보며 말했다.

"그나저나 우리 오빠 요새 너무 자주 아픈 거 아니에요? 저번에도 그러더니 오늘도 이러네."

춘삼은 가만히 생각하다가 고개를 끄덕였다.

"그러게…… 점점 주기가 줄어들고 있구나."

소소에게 때때로 찾아오는 극심한 고통의 주기가 점점 짧아지고 있었다.

처음 주워 왔을 때는 보름에 한 번씩 고통이 찾아올 뿐이었는데, 얼마 전부터는 사흘에 한 번꼴로 찾아오고 있었다.

그때마다 소소는 저렇게 몸을 웅크리고 앉아서 부들부들 떨며 고통이 가라앉기를 기다렸다.

'정말 의원한테 데려가 봐야 하나?'

맨 처음 소소가 저렇게 고통에 몸부림쳤을 때.

춘삼은 너무도 놀라서 소소를 들쳐 업고 마을에 딱 한 명 있는 노의원을 찾아갔었다.

하나 그때 노의원이 내린 처방은 별 도움도 안 되는 무의미한 조언뿐이었다.

"이런 종류의 정신병에는 약도 없어. 그냥 잘 챙겨 먹이고 푹 재워. 몸이 허해서 그럴 수 있으니까."

춘삼은 자기도 할 수 있는 말만 내뱉는 노의원을 매섭게 쏘아보았지만, 별수 없었다.

'성도에 있는 큰 의원을 찾아가 봐?'

돈이 많이 들긴 하겠지만 그래도 그것이 가장 확실하지 않을까 싶었다.

춘삼은 결국 한숨을 내쉰 뒤 소소를 보며 말했다.

"내일 일이 끝나면 옷도 사고 의원에게도 가 보자. 아무래도 그 돌

팔이 노인네 말은 믿을 수가 없네."

"진즉에 그랬어야죠."

딸의 핀잔에 춘삼은 겸연쩍은 표정으로 뒷머리를 긁적인 후 말했다.

"이 기회에 확실하게 치료 방법을 알아 와야겠네."

치료법이 있고, 그 결과 소소의 기억이 돌아온다면 어떻게 될까?

그 부분이 살짝 망설여지긴 했지만 춘삼은 한숨을 내쉬며 고개를 저었다.

저렇게 고통스러워하는 것을 보니 마음이 좋지가 않았던 것이다.

'치료가 우선이겠지.'

나중의 일은 그때 가서 생각하면 되었다.

*　　*　　*

성심원(誠心院).

전국에서 가장 뛰어난 의원을 찾는다면 성심원으로 가라는 말이 있다.

그곳에서는 대대로 신의(神醫, 뛰어난 경지에 이른 의원)라 불릴 만큼 재능 있는 의원들이 줄기차게 나왔고, 그들은 항상 환자들을 정성을 다해 보살폈다.

의술 실력도 물론 그들이 최고였지만, 성심원의 의원들이 다른 의원들보다 특별한 데는 이유가 있었다.

세상의 대다수 의원들이 돈을 좇아 의술을 행하는 것과는 다르게 성심원은 항상 돈보다는 생명을 우선해 왔다.

돈이 없어도 일단 생명부터 구하는 쪽에 무게를 둔 것이다.

때문에 정파와 사파, 마교 등 세상이 각자의 편을 가르며 전쟁에 휩쓸리고 있어도 성심원만큼은 딱히 그 흐름에 휘말리지 않았다.

성심원을 건드리려면 강호의 모든 곳과 적이 될 각오가 필요했기 때문이다.

그런 성심원에 춘삼과 소소가 등장한 것은 저녁 무렵이 다 되어서였다.

"환자가 기억을 잃었다고 했습니까?"

"예, 의원님."

"어쩌다 그리되었습니까?"

"저도 자세한 것은 잘 모르겠습니다. 그냥 산속에 쓰러져서 죽어 가던 녀석을 데려와 치료를 해 줬는데 깨어나고 보니 옛날 일을 기억 못 하더라구요."

"저런…… 대단히 훌륭한 일을 하셨군요."

춘삼과 소소를 맞이한 의원은 굉장히 젊어 보였다.

이제 막 스무 살 중반이나 되었을까?

선한 인상과 깔끔한 옷차림이 인상적인 청년이었다.

"그럼 환자를 진맥해 봐도 되겠습니까?"

"예, 의원님."

춘삼이 굽실거리며 소소를 앞세우자 젊은 의원은 소소의 손목을 잡고 잠시 눈을 감았다.

그리고 고개를 갸웃거리다가 눈을 떴다.

"어떻습니까?"

"……."

청년은 곧장 대답하지 않고 곤혹스러운 표정으로 우물거렸다.

"잠시…… 다시 한 번 진맥해 보겠습니다."

"아…… 예."

춘삼은 청년의 태도에 불안한 얼굴을 해 보였다.

아무래도 젊은 의원이다 보니 실력이 못 미더웠던 것이다.

잠시 후 얼굴을 찡그리며 진맥을 하고 있던 젊은 의원이 복잡한 표정으로 춘삼을 바라보았다.

"저…… 잠시 시간을 내 주실 수 있으시겠습니까?"

"예? 무슨 일이신데 그러십니까?"

젊은 의원은 잠시 무언가 할 말을 찾아 망설이다가 결국 한숨을 내쉬며 사실대로 입을 열었다.

"아…… 제가 공부가 부족하여 안채에서 어르신을 모셔 와야 할 것 같습니다."

부끄러워하며 말하는 젊은 의원을 보던 춘삼은 고개를 끄덕이다 조심스럽게 물었다.

"괜찮습니다. 근데 치료비는 여기서 더 드릴 여력이 없는데…… 어떻게 합니까?"

젊은 의원은 눈을 깜빡거리다가 믿음직스럽게 웃으며 말했다.

"아, 그 부분은 괜찮습니다. 이건 저희 쪽이 부족해서 생긴 일이니 진료비는 따로 받지 않겠습니다. 밖에 그렇게 말해 두겠습니다."

춘삼은 안도했다.

그리고 소소의 등을 가볍게 어루만져 주며 입을 열었다.

"기다리는 거야 어렵지 않지요. 이미 일 년 넘게 기다렸는데요, 뭐."

"아, 그러시군요. 그럼 잠시만 여기서 기다려 주십시오."

젊은 의원은 가볍게 몸을 일으키더니 종종걸음으로 어딘가로 바쁘게 사라졌다.

그리고 잠시 후.

젊은 의원은 중년의 의원과 함께 방 안으로 들어왔다.

묵직한 인상의 중년 사내.

그는 들어오자마자 춘삼에게 가볍게 읍을 한 후 입을 열었다.

"저의 제자가 공부가 부족하여 실례를 범했습니다. 부디 양해를 바랍니다."

"아, 아닙니다, 하하하……."

젊은 의원은 뒤에서 고개도 들지 못하고 무안한 얼굴을 하고 있었다.

춘삼이 그 눈치를 살피고 있을 때.

중년 의원이 담백하게 입을 열었다.

"그럼 진맥하겠습니다."

그는 소소의 손목을 잡고 곧장 호흡을 골랐다.

잠시 후.

그의 얼굴에도 서서히 곤혹스러운 표정이 떠올랐다.

그의 지식으로도 지금 소소의 상태를 이해할 수가 없었기 때문이다.

하나 그는 이런 일에 경험이 풍부했다.

중년 의원은 전혀 당황하지 않고 재빨리 표정 관리를 하며 천천히 눈을 떴다.

그 후 입을 열었다.

"아무래도 이곳에서 며칠 머무르셔야 할 것 같습니다."

"예?"

"환자의 상태가 며칠 내로 고비가 올지도 모르는 상태라 이곳에서 그 경과를 지켜봐야 할 것 같습니다."

"허…… 어찌 그런. 갑자기 그렇게 일이 진행되었습니까?"

춘삼은 당황했다.

가슴이 철렁 내려앉은 것이다.

그런 춘삼을 보며 중년 의원이 이때다 싶어 재차 입을 열었다.

"후원에 방을 따로 마련하고 제가 직접 치료를 하겠습니다. 그러니 걱정 마십시오. 위험하더라도 제가 해결할 수 있습니다."

"그, 그래 주시겠습니까?"

"예. 저희 성심원은 이렇게 생명이 위독한 환자를 그동안 많이 살려 내었습니다. 경험이 많으니 걱정 안 하셔도 됩니다."

"예……."

"이 청년이 입을 옷가지를 가지고 오시겠습니까?"

소소와 떨어져야 하나?

옷가지 정도야 그냥 여기서 빌리면 되지 않을까?

춘삼이 선뜻 판단을 못 하고 우물거릴 때.

중년 의원이 말했다.

"치료가 빠를수록 좋을 것 같아서 그렇습니다. 아무래도 본격적으로 침술을 펼쳐야 할 것 같은데 치료를 진행하다 보면 새 옷이 필요할 겁니다. 마침 저희가 준비한 여분 옷이 다 떨어져서……."

"……알겠습니다."

춘삼은 약간 이해가 안 되는 설명에 고개를 갸웃거렸지만, 곧 이곳이 성심원이라는 사실을 떠올리고 편하게 마음먹었다.

소소를 바라보며 춘삼이 입을 열었다.

"금방 집에 갔다 올 테니까 얌전히 기다리고 있어야 한다. 알겠지?"

끄덕끄덕.

"이분들이 너를 치료해 주실 거야. 그러니까 겁먹지 말고 기다려."

끄덕끄덕.

춘삼은 떨어지지 않는 발걸음을 억지로 옮기며 서둘러 집으로 향했다.

그 뒷모습을 바라보던 중년 의원의 담담한 얼굴이 곧 복잡하게 일그러졌다.

*　　*　　*

중년 의원의 이름은 곽유환.

성심원을 실질적으로 운영하는 원주인 그는 지금 소소를 앞에 두고 고민하고 있었다.

원주라 하더라도 의술 공부를 게을리할 수는 없었다.

운영적인 부분을 겸하며 의술을 행하는 것이 이곳 성심원의 방침이었던 것이다.

그는 무언가를 고민하다가 결국 옆에 있던 자신의 제자에게 작게 귓속말을 했다.

"가서 아버지를 모셔 오거라."

"예?"

"못 들었느냐? 어서 후원에 가서 아버지를 모셔 와."

"아, 알겠습니다."

청년 의원이 허둥지둥 사라지자 곽유환은 입맛을 다셨다.

자신의 실력으로도 환자의 상태를 제대로 파악할 수 없다는 사실이 씁쓸했다.

'아니, 오히려 잘되었다.'

의원도 역시 끊임없이 배워 가며 성장해야 했다.

이런 경험해 보지 못한 증세를 접하는 것도 결국에는 그의 공부에 도움이 되는 일일 테니까.

그렇게 긍정적으로 생각하고 있을 무렵.

사라졌던 청년 의원이 쭈뼛거리며 돌아왔다.

곽유환은 돌아온 자신의 제자를 보다 고개를 갸웃거렸다.

"왜 혼자 왔느냐?"

"어르신께서 직접…… 오시랍니다."

제자는 애매한 표정을 해 보였다.

평소 아버지의 성격을 잘 알고 있었던 곽유환이었기에, 저것은 분명 제자가 최대한 좋게 돌려 말한 것이라는 사실을 어렵지 않게 파악할 수 있었다.

곽유환은 콧등을 씰룩거리다가 한숨을 내쉬었다.

"알겠다. 아쉬운 사람이 움직여야지. 너는 여기 남아서 이 청년의 보호자가 오면 챙겨 드리거라."

"예."

곽유환은 그때까지 멀뚱멀뚱 자신을 바라보고 있던 소소에게 읍을 하며 입을 열었다.

"저와 같이 가 주시겠습니까? 저보다 뛰어난 의원이 당신을 진맥해 보실 겁니다."

끄덕끄덕.

소소는 고개를 끄덕이며 자리에서 일어섰다.

그리고 앞장서 가는 곽유환의 뒤를 따라 후원으로 걸어갔다.

성심원의 후원은 다른 일반적인 후원과는 다르게 온갖 약초들로 꾸며져 있었다.

그 약초밭 사이로 작은 인공 호수가 하나 있었고, 인공 호수에는 담백한 구조의 정자가 설치되어 있었다.

정자에는 지금 인상 좋은 노인이 앉아서 호수에 낚싯대를 드리우고 있었다.

“건방지게 누구더러 오라 가라냐? 네가 아주 미쳤구나? 권력을 손에 쥐니까 어른도 눈에 안 보이지? 오늘 한번 죽어 볼래?”

낚싯대를 걷으며 노인이 거친 말을 하자 곽유환은 어색한 얼굴을 해 보였다.

그리고 허리를 깊숙이 숙였다.

“……죄송합니다, 아버지. 노여움을 푸십시오. 환자가 있어서 그랬습니다.”

그런 아들을 보며, 그의 아버지이자 현재 성수신의(聖手神醫)라 불리는 곽운벽은 마땅치 않은 표정을 지었다.

“환자?”

곽유환은 최대한 공손한 태도로 대답했다.

그의 아버지는 뛰어난 실력을 지닌 의원이었지만 성격은 그것과 반대로 무시무시하게 괴팍했던 것이다.

“예. 환자가 있습니다.”

“어디? 안 보이는데?”

곽운벽은 주변을 두리번거리다가 소소를 바라보며 입을 열었다.

“설마 저놈?”

“예.”

"저게 어딜 봐서 환자냐?"

"그게…… 겉으로 보면 멀쩡하지만 진맥을 해 보시면 알게 되실 겁니다."

곽운벽은 피식 웃으며 말했다.

"네 수준과 나를 똑같이 보지 마라. 걸어오는 발걸음 소리만 들어도 저놈의 상태는 알 수 있지."

단지 발걸음 소리를 듣는 것만으로 환자의 상태를 파악하는 경지는 아직 곽유환으로서는 꿈도 꾸지 못하는 경지였다.

그랬기에 곽유환은 잠시 고민하다가 조심스럽게 입을 열었다.

"그래도 한번 진맥해 주셨으면 합니다, 아버지. 가르침을 내려 주십시오."

"끄응."

가르침을 내려 주는 것.

그것은 성심원의 일원이라면 아무리 귀찮고 힘들더라도 피해서는 안 되는 일이었다.

때문에 곽운벽 역시 번거로운 기색이 역력했지만 어쩔 수 없이 진맥을 하려는 듯 소소에게 다가갔다.

"잘 보거라, 무식한 녀석아."

소소의 손목을 잡고 맥을 파악하던 곽운벽이 얼굴을 찡그리며 말했다.

"거봐, 멀쩡하잖아? 대체 어디가 이상하다는 거냐?"

곽유환은 곤혹스러운 얼굴로 입을 열었다.

"……내부의 기가 탁하고 단전이 크게 손상되어 있습니다. 게다가 이상하게 중간중간 기의 흐름이 끊겨 있기도 합니다. 도중에 기의 흐름이 비정상적으로 거센 부분도 있지요."

"그게 뭐?"

"……이런 경우는 보통 주화입마의 증상이 아닙니까?"

주화입마.

내공 수련을 잘못해서 내력이 폭주하는 상태를 말한다.

곽유환의 질문을 들은 곽운벽은 그의 머리통에 꿀밤을 때리며 말했다.

"네놈은 주화입마에 빠진 놈이 이렇게 멀쩡한 것을 보았느냐?"

"……."

"증상이라는 것에 한눈이 팔려서 정작 가장 중요한 본질을 보지 못하는구나. 이것이야말로 견지망월이 아니겠느냐? 어리석은 놈이다, 네놈도."

견지망월(見指忘月, 달을 보라고 손가락을 들어 가리켰더니 달을 보지 않고 손가락을 봄).

곽유환은 꿀밤 맞은 이마를 문지르며 곤혹스러운 얼굴을 해 보였다.

"하면 대체 어디가 문제인 겁니까?"

"아무 문제가 없다니까 그러네?"

"그래도 저 청년은 정상이…… 아니지 않습니까?"

"그거야 네놈 기준에서나 그렇지. 저게 지금의 저놈에게는 지극히 정상적인 모습이다."

"예?"

이게 무슨 말장난인가?

곽유환의 표정이 아리송해질 때.

곽운벽이 입을 열었다.

"사람마다 정상과 비정상의 기준은 다른 법이다. 네놈이 보기엔 지금 저놈이 정상이 아닌 것처럼 보이지만, 사실 저놈에게는 저 상태가 가장 이상적인 상태인 거다."

"……."

곽유환의 표정이 더더욱 아리송해지자 곽운벽이 재차 입을 열었다.

"뭣 때문인지는 모르겠지만 누군가가 저놈에게 고약한 짓거리를 해 놨다. 의도적으로 주화입마를 만들어 놓은 상태지. 그것 때문에 저놈이 지금 정신줄을 놓고 있는 거야."

소소를 바라보던 곽운벽이 불쑥 소소의 관자놀이 부근을 보며 입을 열었다.

"보아라. 이놈 여기가 이렇게 계집애처럼 밋밋해 보이지?"

"예."

"이놈은 분명 화경의 고수일 거야."

"예?"

곽유환이 깜짝 놀란 얼굴로 되물었다.

뜬금없이 그게 무슨 소리인가?

화경의 고수라니?

그게 어떤 존재인지나 알고 하는 말인가?

"물론 믿기 어렵겠지만 나는 확신할 수 있다. 이놈은 분명 화경의 경지를 이룬 놈이야. 그것도 꽤나 오래전에 이룩했겠지. 지금 놈의 나이를 감안하면, 어디 보자…… 아마도 열 살 전후?"

곽유환의 얼굴에 경악이 떠올랐다.

"그, 그게 말이 되는 이야기입니까?"

말을 하고 있던 곽운벽 역시 떨떠름한 얼굴이었다.

"나도 믿기지 않긴 하지만 사실이 그러한 걸 어쩌겠느냐? 단지 지금은 사정이 있어서 반병신이 된 거지만…… 아마 이놈이 제정신을 찾으면 제법 볼만할 거야. 클클."

곽유환은 침을 꿀꺽 삼키며 그의 아버지를 뚫어지게 바라보았다.

괴팍하고 엉뚱한 그의 아버지였지만 그 실력 하나만큼은 타의 추종을 불허했다.

다른 것은 몰라도 의술에 있어서만큼은 열서너 살에 이미 전대 성심원의 어르신들을 모조리 뛰어넘었다는 이야기가 있을 정도니까.

그런 아버지의 입에서 나온 말이다.

이건 쉽사리 흘려들을 수 있는 소리가 아니었다.

"저 청년이 저렇게 된 것은 주화입마 때문입니까?"

"뭐 그런 셈이지. 누군가가 의도적으로 저놈에게 주화입마를 일으켰어. 근데 화경의 고수 정신을 저렇게 망가뜨릴 정도라면 대체 어느 정도의 괴물이 그랬다는 소리야?"

곽운벽은 신기한 생물 보듯이 소소를 바라보며 음흉하게 웃었다.

"모처럼 재미있는 것을 주워 왔구나. 네놈치곤 잘했다. 흥미가 생겼어."

"그, 그럼 치료해 주실 수 있으시겠습니까?"

"응? 저놈을? 내가 치료해 준다고?"

곽운벽은 잠시 고개를 갸웃하다가 히죽 웃었다.

"하긴 네놈의 기준에서 보자면 치료라 부를 수도 있겠지."

곽유환은 아버지의 말에 얼굴을 찡그렸다.

"주화입마는 미친 듯이 폭주하는 내력만 어디 한곳으로 인도해 주면 치료가 되는 것 아닙니까?"

"물론 정상적인 경우에는 그렇지. 그런데 저놈은 그게 안 돼. 그렇게 하다가는 내가 죽어."

곽운벽은 소소의 머리를 쓰다듬어 주며 입을 열었다.

"지금 이놈은 멀쩡해. 이게 정상이지."

"……."

"우리가 어떻게 해 줄 수 있는 문제가 아니야. 그러니까 그냥 지켜만 보는 게 최선이다."

"그렇습니까……."

"그래. 볼일 끝났으면 이놈 데리고 가 봐."

곽유환은 아버지가 고개를 돌리고 인공 호수에 다시 낚싯대를 담그자 소소를 데리고 후원에 있는 숙소로 갔다.

그리고 그곳 침상에 소소를 앉혀 두고 복잡한 표정으로 입을 열었다.

"보호자가 올 때까지 잠시만 기다려 주십시오."

끄덕끄덕.

곽유환은 그런 소소를 보며 무언가 더 말을 하려다가 말았다.

'화경의 고수.'

저렇게 젊은 자가 그런 절대의 경지에 올랐다니 쉽게 믿을 수가 없는 것이다.

어찌 되었든 치료는 해 줄 수 없었지만 이런 사실을 보호자에게 말해 줄 수 있게 되어 다행이었다.

그렇게 생각하며 곽유환이 일을 보기 위해 잠시 밖으로 나갔을 때.

문이 열리고 누군가가 불쑥 안으로 들어왔다.

곽운벽이었다.

소소가 갑작스럽게 들어온 그를 바라보며 눈을 깜빡거리고 있을 때.

그를 바라보며 곽운벽이 음흉하게 웃었다.

"아까는 아들놈이 있어서 미처 말하지 못했지만…… 네놈 몸속에 재미있는 것을 넣어 놓고 다니는구나."

소소의 단전을 바라보며 곽운벽은 히죽 웃었다.

"설마 용의 여의주를 처먹은 인간이 있을 줄이야. 생각지도 못했다."

"……."

"뭐, 내 아들놈의 능력 부족도 부족이지만, 어떤 놈이었든 간에 네놈 상태를 정확하게 파악하는 건 힘들겠지. 나 정도 되니까 가능했던 거야."

끄덕끄덕.

소소가 무의식적으로 고개를 끄덕이자 곽운벽은 너털 웃으며 말했다.

"아무튼 네놈은 운이 대단히 좋은 거다. 어찌 되었건 나를 만났으니까. 기회를 얻은 거거든."

곽운벽은 의미심장하게 웃으며 자신의 소매를 뒤적거렸다.

그동안 몇 번 쓴 적 없는 물건을 꺼낼 때가 온 것이다.

"네놈이 어디 출신이건 어디에서 무엇을 했건 사실 나는 별 관심이 없다. 하지만 네 몸뚱이에는 관심이 생겼지. 그래서 이렇게 찾아왔다."

곽운벽은 소매에서 시커먼 침들을 우르르 꺼내며 소소를 똑바로 보고 앉았다.

"선택해라."

그가 꺼낸 시커먼 침은 아주 독특한 광물로 만들어진, 성심원에서도 몇 사람에게만 허락된 아주 귀한 침이었다.

"내가 지금 너에게 시도해 볼 것은 지금 당장 너의 상태를 호전시켜 줄 수 있는 아주 획기적인 시도일 거다. 하지만……."

소소는 곽운벽의 얼굴에서 대단히 재미있는 장난감을 마주한 어린아이 같은 표정을 읽었다.

"얻는 것이 있으면 잃는 것도 있는 법이겠지?"

곽운벽이 하는 말이 너무도 어렵게 느껴졌다.

소소가 멍한 얼굴로 곽운벽을 바라보고 있을 때.

그가 말했다.

"클클. 뭐, 어차피 네가 뭔가를 선택할 거라 생각하고 온 건 아니다. 그럴 정신도 없겠지, 지금은."

곽운벽은 소소를 똑바로 앉히며 입을 열었다.

"움직이지 마라. 그건 할 수 있겠지?"

끄덕끄덕.

"엄청 아플 거야. 그래도 움직이면 안 된다. 절대로. 이 정도는 할 수 있겠지? 그래도 화경의 고수니까."

끄덕끄덕.

"역시 간단한 말은 알아듣는구만. 좋아, 해 볼 만하겠어."

곽운벽은 의욕을 불태웠다.

화경의 고수라는 건 굉장히 드문 존재였다.

그리고 그들을 이렇게 편하게 대할 수 있는 경우도 극히 드물었다.

'성공할지 안 할지는 모르겠지만…….'

성공하면 저놈에게는 좋은 것이고, 설혹 실패한다 하더라도 당장 손해 보는 것은 없었다.

단지 다시는 이런 시도를 못 하게 되는 것뿐이니까.

'어떻게 이런 재미있는 놈을 못 알아보는 거지?'

세상에는 정말로 동태눈깔을 가진 놈들뿐인 모양이다.

곽운벽은 이 녀석을 보자마자 어떤 상태인지 단박에 알아보았다.

맨 처음에는 입이 떡 벌어질 만큼 놀랐다.

어떤 괴물 같은 놈이 강제로 화경의 고수를 주물럭거려서 그 그릇을 단단하게 걸어 잠가 두었던 것이다.

그렇게 이 아이의 역량이 다른 곳으로 새어 나가지 않게 모으고 모아서 한 방에 어떤 벽을 뚫어 버릴 생각을 한 모양이다.

그리고 그 벽이 뚫리는 순간.

이놈의 정신도 온전히 돌아올 터.

엄청난 발상이었고, 아무나 시도할 수 있는 방법이 아니었다.

'하지만 그 기간이 이렇게 길어서야 재미가 없지.'

위험하지만, 아니 위험하다기보다는 엄청나게 고통스럽겠지만 성공만 한다면 확실하게 기간을 단축시킬 방법을 곽운벽은 알고 있었다.

공교롭게도 자신을 이렇게 만나게 된 것 역시 이놈의 운명이 아니겠는가?

'그래, 운명이다.'

곽운벽은 흐릿하게 웃으며 침을 꺼내 들었다.

그리고 그것을 하나하나 빠르게 소소의 몸에다가 박아 대기 시작했다.

第十章

균열

소소는 맨 처음 자신의 몸뚱이에 박히는 침을 보며 신기하다는 눈빛을 해 보였다.

하나 그것도 잠시뿐.

곧 어마어마한 고통이 척추를 타고 흘러 머릿속을 뒤흔들었다.

'컥!'

입을 열어 비명을 토해 내고 싶었지만 소소는 그러지 않았다.

눈앞에 있는 할아버지가 자신에게 분명히 가만히 있으라고 했기 때문이다.

말 잘 듣는 아이처럼 소소가 고통을 참으면서 버티고 있는데 갑자기 눈앞으로 이상한 영상들이 떠오르기 시작했다.

가장 먼저 등장한 것은 어떤 노인이었다.

'누구지?'

아는 사람일까?

고개를 갸웃거려 보지만 기억이 나지 않았다.

무표정하고 무덤덤한 얼굴.

언뜻 보기에 차가워 보일 수 있는 인상의 노인이었다.

하나 그는 시간이 지날수록 차츰차츰 따스한 눈길로 변해 갔다.

'아는 사람이야.'

소소는 확신했다.

노인을 보자 왠지 가슴이 먹먹해지는 느낌이 들었던 것이다.

그때 갑자기 노인이 피를 흘리며 바닥에 쓰러졌다.

그것을 지켜보던 소소의 몸뚱이가 잉어처럼 펄떡이며 부들부들 떨렸다.

견딜 수 없을 만큼의 괴로움이 가슴 밑바닥에서 치고 올라왔던 것이다.

— 반드시 살아남거라.

머릿속에 울려 퍼지는 말과 동시에 소소는 전신을 가늘게 떨며 쉴 새 없이 눈물을 흘렸다.

소소의 상태를 가만히 지켜보던 곽운벽은 안도의 한숨을 내쉬었다.

방금 순간적으로 대법이 깨어질 뻔했다.

그 정도로 소소는 격렬한 반응을 보였다.

“모두가 지나간 과거의 일이다. 덧없음을 깨닫고 가만히 흘려보내야 한다. 거기에 휩쓸리면 아무것도 얻을 수가 없어, 이놈아.”

곽운벽은 그렇게 중얼거리다가 피식 웃었다.

말은 그렇게 했지만 사실 쉽지가 않은 일임은 본인이 가장 잘 알았던 것이다.

다시 소소의 몸에 침을 박아 넣으며 곽운벽이 말했다.

“네가 지금 보고 있는 것은 과거에 불과하다. 바꿀 수가 없는 일이니 그저 가만히 지켜만 보아라.”

소소는 눈물을 흘리면서 다음 영상에 집중했다.

이번에는 장난기 가득한 중년인이 등장했다.

이번에도 아는 사람이 분명했다.

중년인을 바라보는 순간 마음속이 따스해졌으니까.

시종일관 악동 같은 웃음을 짓고 있던 중년인의 얼굴에 차츰 슬픔이 차올랐다.

그리고 그는 소소의 머리를 쓰다듬으며 말했다.

— 힘들면 나를 원망해도 좋다. 제자야.

머리 위에 놓인 중년인의 손에서 따스한 기운이 퍼져 나왔다.

그 기운은 머릿속에 거대하고 단단한 벽을 만들기 시작했다.

함부로 넘어설 수 없을 만큼 견고하고 높은 벽.

소소는 그 벽 너머를 보고 싶었다.

그래서 아등바등 매달려 벽을 넘어가 보려 했지만 허사였다.

벽의 높이가 너무나 높아서, 소소가 넘어가기에는 아직도 한참이나 남아 있었다.

정신을 차려 보니 이제 겨우 중간 넘게 왔을 뿐이다.

아직도 절망적으로 많이 남았지만 소소는 포기하지 않았다.

반드시 눈앞에 있는 이 벽을 넘어서야 한다는 것을 본능적으로 깨달았던 것이다.

'난 할 수 있어.'

소소는 스스로를 격려했다.

그러다 잠시 고개를 들고 자신이 매달려 있는 벽을 바라보았다.

물끄러미 벽을 바라보던 소소는 갑자기 한쪽 주먹을 움켜쥐고 벽을 세차게 내려쳤다.

퍼석—

벽에 미세한 균열이 생겼다.

대신 주먹이 피투성이로 변했다.

하지만 소소는 개의치 않았다.

'넘지 말고 부숴야 해.'

이 거대하고 높은 벽은 애초에 아무도 넘어설 수 없었다.

처음부터 넘지 못하는 벽이었던 것이다.

이 벽은 넘는 것이 아니라 때려서 부숴야만 했다.

그래야 벽 너머의 무언가를 볼 수 있었다.

퍼억—! 뻐억—!

주먹을 휘두르는 소소의 동작이 차츰 빨라지기 시작했다.

엄청난 고통이 밀려왔지만 그만큼 벽의 균열도 점점 커지기 시작했다.

소소는 갈등했다.

그러다 결국 벽에 매달려 있던 나머지 한쪽 손에서 힘을 풀었다.

그 순간 몸이 급격하게 아래로 추락했다.

하지만 소소는 웃었다.

'이거야.'

그동안 바랐던 것.

바로 이거였다.

쿠웅—

지면에 발이 닿자마자 소소는 벽을 향해 거침없이 돌진했다.

그리고 쉴 새 없이 주먹질과 발길질을 해 댔다.

벽에 차츰차츰 균열이 생기고, 그 균열 사이로 소소의 주먹과 발이 파고들었다.

그러던 어느 순간.

소소의 귓가에 누군가의 음성이 울려 퍼졌다.

— 앞으로 남아 있는 제 모든 시간을 소교주님께 드리겠습니다.

복면을 하고 있는 사내.

그가 소소를 향해 절을 하며 말했다.

그 모습을 보자 소소는 가슴이 타들어 가는 듯한 느낌이 들었다.
동시에 떠오르는 하나의 이름.
'……운휘?'
복면을 한 사내의 이름은 운휘였다.
그럴 거라는 확신이 들었다.
운휘는 복면을 벗으며 그를 향해 희미하게 미소 지었다.

— 적어도 저보다 먼저 죽게 하지는 않겠습니다, 주군.

소소는 알 수 없는 초조함에 쫓기며 벽을 후려치고 있는 손과 발에 힘을 더했다.
급했다.
운휘가 죽는다.
죽을 수도 있는 것이다.
서두르지 않으면, 더 늦어 버리면 그렇게 된다.
'나 때문이야.'
전력을 쥐어짜 벽을 후려치던 소소는 갑자기 눈앞을 막고 있는 거대한 벽이 진흙처럼 물렁해지는 것을 느꼈다.
소소는 망설이지 않고 그 물렁해진 벽 속으로 파고들어갔다.
그러자 갑자기 시야가 환해지며 엄청나게 밝은 빛이 소소의 전신을 덮쳐 왔다.

*　　*　　*

곽운벽은 지친 얼굴로 바닥에 앉아 있었다.

눈앞에 있는 멍청이의 몸뚱이에는 이미 수백 개의 침이 박혀 있었고, 그곳에서는 시커멓게 죽은피가 흘러나왔다.

그 모습을 바라보던 곽운벽은 거칠어진 호흡을 고르며 눈을 빛냈다.

'지금쯤 과거라는 괴물과 싸우고 있겠지?'

기억하지 못하는 것들을 한꺼번에 들춰내어 처음부터 새롭게 보여주는 작업.

본인조차 잊어버렸을 기억을 끄집어내서 강제로 반추(反芻, 어떤 일을 되풀이하여 생각함)하게 만드는 것.

곽운벽이 소소에게 한 일은 바로 그것이었다.

이것은 실로 쉽지가 않은 작업이었고, 실패할 가능성도 대단히 높은 일이었다.

'하지만 성공했지.'

보통의 경우는 고통 때문에 참지 못해서 실패하거나 집중력이 깨져버리곤 했다.

성공하는 경우가 좀처럼 없었던 것이다.

그 드문 경우가 바로 눈앞에 있는 이 멍청이었다.

'깨어나면 어떻게 될까?'

이놈이 깨어나면 어떤 모습을 보일까?

모든 것을 다 기억하고 깨어날 수 있을까?

과연 벽을 돌파했을까?

곽운벽이 흥분한 얼굴로 소소를 살펴보고 있을 때.

문이 열리고 곽유환과 춘삼이 들어왔다.

"헛!"

춘삼은 문을 열고 들어오자마자 소소의 전신에 빽빽이 박혀 있는 침을 보고 헛바람을 집어삼켰다.

놀란 것이다.

놀란 것은 옆에 있던 곽유환도 마찬가지였다.

단지 곽유환은 방 안에 있는 누군가 때문에 춘삼보다 사태 파악을 빨리 끝냈을 뿐이다.

"아버지!"

곽운벽은 반응하지 않았다.

단지 광기가 이글거리는 눈으로 소소를 뚫어져라 살펴보고 있을 뿐이다.

곽유환은 서둘러 그에게 다가갔다.

그리고 작게 속삭였다.

"대체 무슨 짓을 한 겁니까?"

분명 치료가 불가능하다고 말하지 않았던가?

그러면 저것은 대체 무엇을 해 놓은 것일까?

멀쩡하던 아이의 상체에 저렇게 많은 침을 박아 놓다니?

"……실험을 해 보았다."

"예?"

"과연 화경의 고수는 다르구만. 클클클."

곽운벽은 음흉하게 웃으며 그의 아들을 바라보았다.

그 웃음에 섞여 있는 만족감을 읽은 곽유환은 얼굴을 찡그렸다.

"대체 무슨 실험을 하신 겁니까? 저 청년은 괜찮은 겁니까?"

소소라는 청년은 가부좌를 틀고 앉아 있었고, 그의 상체에는 빽빽하게 침이 꽂혀 있었다.

그리고 그 침이 꽂혀 있는 자리마다 검붉은 피가 흘러나와 굳어 있었다.

'혹시 어딘가 잘못되는 게 아닐까?'

몹시 불안했다.

아들의 그런 기색을 읽었음인지 곽운벽이 피식 웃으며 말했다.

"아마도 저놈은 깨어날 거다. 그리고 전보다 훨씬 상태가 좋아지겠지. 그건 장담하마."

"……."

"화경의 고수가 다르긴 달라."

곽운벽은 그렇게 중얼거리다 바닥에 큰 대자로 뻗어 버렸다.

지친 것이다.

그가 소소에게 펼친 대법은 엄청난 체력과 심력이 필요했다.

'이제부터는 네가 알아서 해라.'

더 이상 곽운벽이 끼어들 자리는 없었다.

나머지는 저놈 스스로 극복해야 하는 것이었으니까.

곽운벽은 그렇게 생각하며 깊은 잠에 빠져들었다.

코까지 골며 잠이 든 것이다.

그 모습을 어이없는 눈으로 바라보던 곽유환은 자신만큼 황당한 얼굴을 하고 있는 춘삼에게 곧장 다가갔다.

"치료를 하신 모양입니다."

"치료요? 저게?"

"……예."

"애 하나를 피투성이로 만들어 놓고 지금 치료라고 하는 겁니까?"

곽유환은 혀로 마른 입술을 적시며 입을 열었다.

"저희 성심원에서 최고로 의술이 뛰어나신 분입니다. 그분이 행하신 일이니 분명 좋은 결과가 있을 겁니다."

"반드시 좋은 결과가 있어야 할 겁니다."

춘삼은 분노했다.

아픈 것을 낫게 하려고 찾아온 것인데, 이건 아예 생사람 하나를 잡게 생긴 것이다.

춘삼은 씩씩거리며 퍼질러 자고 있던 곽운벽을 옆으로 멀찍이 밀었다.

그래도 곽운벽은 깨어날 생각도 하지 않은 채 큰 소리로 코를 골며 잠에 빠져 있었다.

'망할 영감탱이.'

대체 무슨 짓을 한 것일까?

무엇을 어떻게 했기에 소소가 저렇게 고통스러운 얼굴로 피투성이가 되어 있는 걸까?

곽유환을 바라보자, 그가 찔끔한 얼굴로 고개를 돌렸다.

'저놈도 모른다, 이거지?'

춘삼은 부득부득 이를 갈며 기다렸다.

일단은 소소가 깨어나 봐야 알 수 있는 일인 것이다.

* * *

소소가 깨어난 것은 꼬박 하루가 지나서였다.

맨 처음 그가 눈을 뜨고 제일 먼저 마주한 것은 곽운벽이었다.

"일어났느냐?"

"……."

"그래, 벽 너머는 어떻더냐?"

소소는 곽운벽을 멍하게 바라보았다.

그러다 고개를 돌렸다.

머리가 복잡했다.

무언가 뿌옇게 일어나서 머릿속을 정신없이 돌아다니고 있었던 것이다.

생각을 정리해야만 했다.

소소는 자리에서 일어나 걸었다.

춘삼이 그새 일어나 그의 앞을 막아섰다.

"정신이 돌아왔느냐? 몸은 좀 괜찮고?"

소소는 잠시 멈칫하더니 춘삼을 바라보며 고개를 끄덕였다.

그 모습에 춘삼은 안도한 얼굴을 해 보였다.

다행히도 말귀를 알아듣는 것 같았다.

그때 소소가 입을 열었다.

"고마……워요."

"……!"

춘삼이 소소의 말에 깜짝 놀란 얼굴을 할 때.

소소가 그 곁을 스쳐 지나가며 입을 열었다.

"저 잠시…… 생각합니다."

춘삼은 고개를 끄덕였다.

말이 조금 이상했지만 아마도 잠시 혼자서 생각하겠다는 뜻 같았다.

일 년이 넘는 시간 동안 정신을 차리긴커녕 말도 못 하던 녀석이었다.

그런 녀석이 하루아침에 말문이 트여 버리니 춘삼은 너무 놀랐다.

비록 그것이 제대로 된, 유창한 말은 아니었지만 그 뜻은 확실하게 전달이 되었다.

'기억이 돌아올 수도 있다……?'

과연 이것이 좋은 일일까?

저 녀석이 훌쩍 떠나 버린다고 하면 어떻게 하지?

춘삼이 복잡미묘한 얼굴로 앉아 있을 때.

곽운벽이 뒤에서 중얼거렸다.

“아직 상태가 완전하진 않구만.”

“예?”

“너도 지금 봐서 알겠지만 저 녀석, 아직 불안정해. 벽을 완전하게 돌파한 건 아닌 모양이다.”

그게 무슨 말일까?

춘삼이 의아한 얼굴을 할 때.

곽운벽이 소소를 뒤에서 지켜보며 계속 입을 열었다.

“그래도 저것도 얼마 안 가겠지. 벽을 완벽하게 돌파하진 못했어도 저 정도면 곧 모든 기억을 되찾을 거다.”

“그 말은 모든 것을 다 기억해 낼 수 있다는 말입니까, 어르신?”

“그렇지. 누가 강제적으로 막아 놨던 것을 열었으니까. 약간의 시간만 더 주어진다면 모든 것을 다 기억할 거야.”

춘삼의 얼굴이 일그러졌다.

모든 것을 다 기억하게 된다면 소소가 떠날 것이라는 불안한 예감이 들었기 때문이다.

멀어져 가는 소소를 춘삼은 걱정스러운 눈으로 지켜보았다.

* * *

소소는 머리가 복잡했다.

여러 가지 기억들이 한꺼번에 폭죽처럼 떠올랐다가 빠르게 가라앉고 있었던 것이다.

연달아 밀려오는 기억들은 떠오르자마자 금세 다시 희미해졌기 때문에 최대한 빨리 생각을 정리할 필요가 있었다.

'나는 누구지?'

소소는 걸어가며 자신에게 질문해 보았다.

예전에는 기억을 더듬으려고 하면 머리가 깨질 듯이 아파 왔었는데 지금은 그렇지 않았다.

뿌연 안개가 낀 것처럼 혼란했던 머릿속이 깨끗하게 정리되어 맑아졌다.

그랬기에 스스로에게 질문을 던지며 과거의 기억들을 하나하나 되새김질 수 있었다.

여러 가지 기억이 단편적으로 떠오르는 가운데 소소의 눈길을 끄는 기억이 있었다.

"초류향……?"

소소는 머릿속에 떠오르는 하나의 이름을 입 밖으로 내뱉자마자 걸음을 멈춰 서며 전신을 부르르 떨었다.

동시에 자기도 모르게 얼굴을 매만졌다.

'이거다.'

너무도 익숙한 이름.

이것이 바로 자신의 진짜 이름이었다.

소소, 아니 초류향은 다시 걸음을 옮겼다.

가장 중요한 기억을 찾았다.

나머지도 어렵지 않을 것이다.

단지 시간이 필요할 뿐이었다.

하나씩 하나씩 기억들을 수습하고 있던 초류향은 문득 눈앞에 나타난 거대한 바위를 보며 고개를 갸웃거렸다.

'조금 전에는 이런 바위가 없었는데?'

지금 초류향은 성심원의 후원을 거닐고 있었다.

이런 비정상적인 큰 바위가 길 한복판에 있을 리가 없는 것이다.

잠시 멍한 눈으로 주변을 둘러보던 초류향은 손으로 바위를 만져 보았다.

딱딱하면서도 차가운 돌 특유의 느낌이 손바닥을 타고 전해져 왔다.

돌을 매만지던 초류향은 무심코 바닥으로 시선을 돌렸다.

그리고 눈을 반짝였다.

'이건…….'

돌들의 배치가 어딘가 눈에 익었다.

배치된 돌을 하나씩 바라보고 있는데 갑자기 머릿속에 여러 가지 형태의 숫자들이 뒤죽박죽 떠오르기 시작했다.

그리고 그것이 정리되자 하나의 규칙과 단어가 머릿속에 떠올랐다.

'이건 진법이다.'

진법이라는 것을 어떻게 알아본 것일까?

분명 처음 보는 것인데?

'아니야. 나는 이것을 본 적이 있어.'

아마도 과거의 자신은 이 '진법'이라는 것을 잘 알고 있었던 모양이다.

그러니 이렇게 일부만 보고도 보이지 않는 나머지 전체적인 그림을 그릴 수 있을 터.

초류향은 바닥에 그려져 있는 흔적들을 찬찬히 살펴보았다.

그러다가 손을 뻗어서 바닥과 바위가 이어져 있는 어떤 부분을 건드렸다.

그러자 변화가 생겼다.

훅—

주변의 공기가 한결 가벼워졌다.

초류향은 고개를 끄덕이며 눈앞을 막아서고 있는 바위를 향해 성큼성큼 걸어갔다.

그러자 딱딱하게만 보이던 바위가 자신에게 다가오는 초류향을 부드럽게 집어삼켰다.

〈다음 권에 계속〉